専属ツンメイド
調教されてあげるんだからっ!
小説 千夜詠
挿絵 熊虎たつみ

## 登場人物紹介

Characters

### 有川《ありかわ》こみな

西日雀家の屋敷に仕えるメイド。小柄で幼い容姿ながら小次郎と同い年。今回小次郎の専属メイドとなる。

**西日雀実篤《にしひがらさねあつ》**

小次郎の伯父にあたる西日雀家現当主。重厚な威厳を持っている初老の男性。

**西日雀清彦《にしひがらきよひこ》**

小次郎の従兄弟。小次郎となにかと張り合おうとする。

**森田夕貴《もりたゆき》**

清彦の専属メイドで、小次郎達とほぼ同年代の少女。

**彩野小次郎《さいのこじろう》**

諸事情で、繫がりのある西日雀家に住むことになった男子大学生。

**深沢涼子《ふかざわりょうこ》**

西日雀家現当主・実篤に仕える専属メイド。清楚な雰囲気を漂わせる優しげな女性。

# 出会いの章

クマさんのパンツが頭上にあった。

そこは丘にある公園の中で一番大きな木の下だった。

白い薄生地に可愛らしいクマのキャラクターが澄ました顔でちょっと歪んでいる。小柄なくせによく肉付いたお尻の動きにずらされて、生地が双房の中心に食い込んでいた。子供っぽいのにエッチである。

なぜこんな光景を目の当たりにしているか？　彼の行動を少々時間を遡って見てみよう。

その日、彩野小次郎《さいのこじろう》は伯父の邸宅に同居するため、十三年ぶりにこの街へと訪れた。駅前で迎えの者と合流する予定であったが、一向に現れないのに業を煮やして一人で歩き始めたのだ。そして、それはもうものの見事に迷った。そこで彼は考えた。小高い丘のこの場所からなら街を一望できるのではないか？　その結果、どういう偶然か、はたまた必然か、ちょっとした騒ぎに遭遇していた。

「お姉ちゃん、頑張れ！」

「手ぇ、放しちゃダメだよぉ！」

周囲に小さな子供達の声援が飛びかう中で、小次郎は息を呑んでそれを見つめていた。うるさい蝉の鳴き声に混じって、生唾を飲み込む音がする。

(だ、断じていやらしい気持ちでクマさんパンツを見ているんじゃないぞ。あくまでも心配して瞳を逸らさずにいるのだ俺は……)

テレビのＣＭにでも使われそうな大きな木の上に彼女がいたわけは、子供の手からすり抜けた風船を取りに登ったからということらしい。だがまさにお約束と言うべきか、やらかしてしまっていた。で、彼の役割はというと、つまるところのレスキューである。

「お、降りられないぃいいい……っ」

「おーい、大丈夫じゃないいい大丈夫かっ！」

「大丈夫じゃないぃいいいっ！」

当然な返答だ。彼女、おそらく少女がいる位置は、少なく見積もってもビルの二階以上の高さに相当する。照りつける逆光と枝葉の影ではっきりとはしないが、濃紺色の衣装を纏っていて髪は背中にかかるくらいに長い。遠目での判断になるが、なかなか可愛い女の子だ。クマさんパンツの強烈なお誘いもあって、青年の助けに行こうとする気合は三割は増している。

「待っていろ。今、そっちに行くから。じっとして、両手でしっかり枝を掴んでっ！」

重ねて言っておく。スカートの裾を押さえさせないためではない。

「う、うん……。は、早くぅううっ」

そう言われると、焦らすのも悪くないと思ってしまう。

両手を幹にかけて、足を絡ませ、ほいほい登っていった。少女は片手と片足を細い枝に、

反対側で幹を抱くようにして、バランスをとって体を支えるために白いニーソックスの脚を大きく開かせている。順調に登って、近付けば近付くほどにクマさんは眼前に迫った。

「お、おお……」

上から照りつける木漏れ日の煌めきなどものともせず瞳孔がいっぱいに開いて瞬きを忘れてしまう。

（こ、これは安全のためだ。目を離した隙にあの子が落ちたら大変だから）

ただ、薄布一枚に包まれた球状に盛り上がった柔らかそうなお尻の肉峰と、体重を支えてぷるぷる震える引き締まりながらもむっちりした太股、そして鼠蹊部《そけいぶ》に食い込む中心から下腹部にかけてうっすら浮き上がった縦筋を目の当たりにすれば、血流が下腹部に雪崩《なだ》れ込んでしまうというものだ。

「あ、あああん、もうダメぇええっ」

「頑張れ、もう少し……って、お、おい！」

ズルッ！　彼女は落ちた。正確には彼も落ちていた。

「きゃあぁあああ――っ！」「うわぁあああ！」

両足を幹にしっかり絡みつけ、踏ん張る。だが落ちる。

ズルズルッ、ズガガガッ！　股間が幹に激しく擦られる痛みの中で、小次郎は桃源郷《とうげんきょう》を見た。彼女の下腹部が顔を直撃したのだ。

女の子の脚間の柔らかな微肉の感触が薄布越しに鼻を強く圧迫している。

（うおお、こ、この感触はぁ！　ああ、このまま俺の男が擦り切れてもいいかも……）

生暖かさに包まれ、甘酸っぱいあそこの香りがふわっと鼻腔いっぱいに入り込んだ。しっとりと汗ばんだ尻肉が頬を湿らせ、幸福感に包まれたその時、
ズゴッ！　垂直落下は頭部強打という事態で止まった。

「あ、あれ……助かった……の？」

爽やかな風が流れていた。彼女はきっと胸を撫で下ろし、生きていることの素晴らしさを噛み締めているに違いない。青年はというと、闇の中にいた。これほど気持ちのいい暗闇があることなんて知らなかった。濃厚な甘ったるい湿気に包まれている。柔らかな太股に頬が挟み込まれ、僅かに呻いたその時、むにゅ、と微肉を歪めていた。

「あん！　……はれ？　へっ？　いやぁあぁあああ！」

顔の上から少女一人分の体重と闇が消え、代わりに煌めく木漏れ日が見えた。

しばし余韻に浸りつつ、ハッとしてゆっくりと上体を起こしていく。

「えっと、どうなったんだ？」

どうやら五体満足らしい。大木の下は柔らかな土壌に芝生が敷かれ、クッションのような役割を果たしてくれたようだ。白いボタンダウンのシャツとチノパンについた草を払って立ち上がる。その次の瞬間、突き刺すような視線と殺気に身の危険を感じていた。

彼女は、じ～と見ていた。二十メートルほど向こうの木の陰から小柄な体の約三分の二を現している。泣きそうな顔で怒っていた。それでも、

「か、可愛い……」

艶やかな赤茶けた色の少しだけ癖のある背中にかかる長い髪。紺色の潤んだ瞳はちょっとツリ目がちで大きく、ぷっくりと柔らかそうな桜色の唇もまた愛らしい。背はとても小さくて、あどけなさの残った顔立ちはまさしく可憐。結構年下なのかと思いつつ、その少女漫画から抜け出してきたような美少女ぶりに、つい目を細めて口角を上げてしまう。そんな彼女が纏っていたのは清楚な雰囲気が漂う、いわゆるメイド服。濃紺のシンプルなワンピースタイプのようで、膝上丈の下から純白のペチコートが覗けている。頭の上に飾られたフリルのカチューシャもエプロンも白に統一されて、襟首のリボンがまた可愛らしく、小柄な体によく似合っていた。

「や、やあ、大丈夫、だったか？」

敵意を通り越した殺意を感じるのは気のせいだろうか？　言葉の通じぬ未開の原住民の警戒を解くように、小次郎は満面の笑みを浮かべて近付いた。

「寄るな、変態」

ピシッ！　心のどこかに罅《ひび》が入った。

男の貧しい自尊心が幻聴だと訴えている。なぜなら自分は彼女の恩人であって、そんな相手に向かって可憐な美少女が言う台詞がそれであるはずなどないのだ。

「えっと、今……なんて……」

「寄るな。そして変態」

ガーン、と頭の中で鳴り響く。変態、変態、変態……。

彩野小次郎の一連の行動内容。

まず、下から少女の下半身を覗き込み、そこから近付いて柔らかそうなお尻と匂い立つような股間を凝視した。その後、太股の隙間に顔を埋めて、蒸れた香りと感触を味わう。

（た、確かに変態だ……）

頭を抱えて冷汗を滲ませる。だが全ては善意の行動のはずだ。

「いやいや、誤解だって。ほら、君を助けただろ」

そう、彼女は怯える小さな猛獣のようなものだ。噛まれることも恐れず、敵意のないことを示しながら愛をもって近付いてやれば、

「いやぁあああ！　それのどこが誤解だって言うのぉ！」

ギロリと睨みつけてくる濃紺色の瞳が光った。

「へ……っ⁉」

それは、ジャンピングハイキック、とでもいうのだろうか。メイド服の裾が目の前でふわり広がったかと思うと、次の瞬間、小次郎の首筋にニーソックスが食い込んでいた。

「ぐおっ！」

落ちた。その時、チノパンの股間がそれは大きく膨らんでいた。

# 第一章　専属メイド

西日雀家《にしひがら》の歴史は古く、商売に関してだけ言えば、江戸中期において呉服屋として創業し、成功して豪商となったのが始まりである。その後、明治になって経営を近代化し、企業グループとして財界に君臨する名士となっている。

そんな華麗なる一族の血を引いていると知ってはいたが、

(ここは、本当に日本、なのか……？)

その光景に、手にしていたバッグを落とした。

聳《そび》え立つような石造りの門構えをくぐり、整然と植樹された欧州の古代庭園風の庭をひたすら歩き、息を切らせてようやく辿り着いた木造の洋館。そのやはり巨大な玄関扉を開けた途端、ホールにずらりと並んだメイド達が一斉にお辞儀したのだ。

正面の二階に上がる大きな階段に向かう直線上を挟んで、二列に並んだ黒いメイド服を着た彼女達は、皆年若く、そして人並以上の容姿を携えていた。総勢二十名ほどで、その光景は圧巻である。

(お、おお、本物だ。本物のメイドさんがいっぱい……)

ロビーに充満したうら若き乙女達の甘い香りだけで旅の疲れなど忘れさせられた。女子校の学園祭に友人に連れられていった時よりもずっと濃厚で、ふわふわと浮き足立ってしまうが、血流は確かに下腹部に雪崩れ込んでしまう。

清潔感のあるメイド服。

(あれ？　このデザインは……)

小さな猛獣が頭を過《よぎ》り、強烈なトラウマを覚えた。

「お待ちしておりました。彩野小次郎様。小次郎様とお呼びして宜しかったですか」

一歩前に出て迎えてくれたのは、生真面目そうな二十代後半と思しき女性だった。長い黒髪を後ろに束ねて、細縁の眼鏡をしている。背は高く痩せていて、だが他のメイドの例に漏れず美人ではある。

「申し遅れました。私は笹尾麻里《ささおまり》。ここのメイド長をしております。絵美《えみ》さん、小次郎様の荷物を」

青年の左側にいた三つ編みの少女が寄ってきて、軽い挨拶とほぼ同時にバッグを受け取っていく。愛嬌のある感じではあったが、チラリとこちらを見た視線に値踏みされているような印象があった。

「連絡をいただいて慌てました。まさか、使いの者と行き違いになってしまうとは」

「気にしないでください。ここから大学に通うことになるわけですし、一人で来た方がすぐに道も覚えますからね」

「随分と迷われたのでは。予定よりもかなり遅くなられて」

「え、ええ、まあ……」

丘の公園で気絶して二十分ほどロスタイムがある。

「では、旦那様の書斎まで参りましょうか」

彼女の言った旦那様とは、小次郎の伯父のことであり、母の兄にあたる。つまりこの西日雀家の現当主だ。名を実篤《さねあつ》といい、記憶では既に五十近くになるはずだった。彼はずっと独身であり、子供もいない。そのことが小次郎がここに呼ばれた要因である。

（しかし、一人を世話するのに、何でメイドが二十人もいるんだ？　まあ、気持ちはわからないでもないけど……、そんな、助平おやじだったたか？）

実篤に会ったのは十三年前だ。その頃はまだ幼く、よくは覚えていないが、精悍な顔つきで近寄りがたい雰囲気を持っていた。

（そういや、こんな感じだったな）

ギシギシと音を立てる階段が、記憶を呼び覚ましてくれる。確かに前に一度この館に足を踏み入れていた。その時は三日ほどここに泊まり、あの時も大勢お姉さんがいたのだった。徐々に思い出してくる。薄暗い通路、個人の家なのに学校のようにやたらと広く、あの庭園や池も当時は遊び場としてしか映らなかった。

「旦那様、小次郎様をお連れいたしました」

三階突き当たりの部屋の前、ノックに続いて麻里は扉の向こう側にそう声をかけた。

「入りたまえ」

懐かしい重低音の声に、緊張が走る。伯父といっても十三年ぶりなのだ。電話で話したのも三年前が最後で、あとは時折メディアで見かける情報でしか彼を知らない。つまり一般的な西日雀グループ総帥としてのイメージしか持っておらず、かたや自分は当たり前の庶民だった。

メイド長が扉を開けて、軽く会釈しながら小次郎を中へと通す。ふう、と一息大きく吐いた。

「失礼します」

一般兵が名前しか知らない提督の部屋へと呼ばれたような感覚。懐かしさも親愛もありはしない。

「来たな、小次郎。ん、どうした？　伯父に会って緊張もあるまい」

大きな窓を背に、重厚そうなデスクに腰掛けた実篤がいた。白髪の混じった髪をオールバックにして、豊かな口髭と顎鬚を蓄えている。恰幅がよく、イタリア製のダブルのスーツがよく似合っていた。精悍な顔つきは過去の印象そのままで、そこに刻まれた皺の一つ一つに当主として巨大企業グループを率いてきた歴史を感じさせる。鋭い視線を送りながら、だがすぐにニヤリと笑ってみせた。

「まあ、小次郎様、お久しぶりでございます」

伯父のデスクの傍らにいたのは、美麗な女性だった。長いストレートの艶やかな髪で、年の頃は二十代後半といったところだろう。清楚な雰囲気を漂わせる優しげな顔立ちで、切れ長の瞳が大人びた色気を醸し出している。

ただ男なら真っ先に瞳が向かってしまうのは、その姿と体付きだった。確かにそれもメイド服だった。だが濃紺色のワンピースの丈は玄関ホールで会った他の彼女達と違って極端に短く、生々しく肉付いた太股が露になって、その体温さえも感じられそうだ。肩と胸上は露出し、彼女の大きく迫り出した柔らかそうな乳肉の球体の半分までが剥き出しになっている。たぷたぷと果肉を詰め込んだ巨乳は、白生地の縁に圧されて微かな型崩れを起こしているが、それがかえって気持ちよく包み込んでくれそうな期待を湧き上がらせた。姿勢を直す些細な動きにも、ぷるんと揺れる弾力を見せ付け、エプロンはそれを誇示させるようにハイウエスト仕様になっている。全体にはバランスのよい脂肪の乗り具合で、女性らしい部分があからさまに豊満な、どうしようもなくいやらしい肉体なのだ。

「あら、覚えていらっしゃいませんか？　深沢涼子《ふかざわりょうこ》です。前にここにいらした時に、一緒に遊んだりしたのですよ。そうそう、お風呂にも一緒に入って、一つのベッドに寝たりもしましたわ」

「な……っ！」

そんな美味しい経験、まことに遺憾ながら覚えていない。カーと真っ赤になりながら、ついつい目の前の妖艶な女性の体を視線で舐め回していた。

「当時、小次郎様の可愛らしさにすっかり母性が目覚めて、朝までぎゅっと抱きしめていたのですが……」

少し寂しそうに頬に手を当て溜め息をつく涼子。己の記憶力のなさを呪う。

「ははは……。小次郎君をからかうのもそれくらいにしてくださいよ、涼子さん。こいつは、こう見えて結構初心《うぶ》なんですから」

そんな甘い空気を打ち破るような声が耳に入った。部屋の片隅に軽く腕組みしながら斜に構える男を見て、小次郎はあからさまに嫌そうな顔をしていた。

「げ……っ！　清彦《きよひこ》」

「いやあ、久しぶりだね、小次郎君。遅かったじゃないか。君に会えるのを心待ちにしていたんだよ」

茶髪の癖のある髪を櫛で直しながら、やや顎を上げ気味にこちらを見つめる瞳からは、親愛は二割ほどしか感じられず、見下した感が八割といったところか。名を西日雀清彦といって、小次郎から見れば従兄弟にあたり、実篤からすれば弟の息子であった。伯父とは違って彼とは年に一度は会っていたが、幼い頃から自己中心的な同い年の従兄弟を正直苦手にしている。父親が西日雀グループ企業の会社一つを任されており、かたや小次郎はその会社の社員の息子。時折小馬鹿にされるような態度もあったが、学力、体力ともに小次郎が勝っていたお陰で、一応普通に話しかけてもらえる関係にはあった。

「ああ、そうだった。お前もここに住むんだろ」

うんざり顔の青年に対して、従兄弟は軽薄そうな作り笑顔を崩さない。ただこんな奴でも、知った顔がいてくれて嫌な緊張感は薄らいだ。

「さて、二人が揃ったところで、一つ大事な話をしておこう」

神妙な面持ちで実篤が話し始める。

「ここは学校の寮でもないし、私自身、お前達の父親面をするつもりもない。ここは既にお前達の家であり、そのつもりで自由にしてくれ。だが、最低限の仕来《しきた》りは守ってもらわねばならん。そこで、さっそくではあるが、自分らの専属のメイドを決めてもらう」

清彦が知っていた風にニヤリと笑う。

「専属……ですか？」

小次郎としては、家政婦と呼ばれる女性、あるいは喫茶店のウェイトレス以外で初めて一個人の雇ったメイドの存在を知ったばかり。それでも彼の疑問符はほぼ無視された形で話は進む。

「まだ学校は始まっておらんのだろう？　今日と明日、できるだけ多くのメイドと話でもして決めるがいい。明後日のディナーの席までには誰を専属にしたか教えてもらう」

実篤の言葉はどこか重々しく、まるで重役会議を締めくくる時のようだった。それには有無を言わさぬ意志のようなものが感じられて、その件に関して、小次郎はそれ以上何も言うことができなかった。


翌日、前日からの疲れもあって、小次郎が自室のベッドで重い体を起こしたのは、随分と日が高く昇ってからだった。

用意された彼の部屋は実篤らと同じ三階にあって、三十畳はあろうかという広さだった。

アンティークなベッドとデスクは、それ一つで親父の月給ほどの価値がありそうで、足裏が沈み込むようなフカフカの絨毯に、やはりシャンデリアの照明では、落ち着きようもない。夜はやたら静かで、事前に送って家から持ち込んだＤＶＤつきのＴＶだけが唯一の友達のように思えた。

大きく欠伸をしながら階段を下りていくと、踊り場でばったり清彦と鉢合わせた。寝癖頭の小次郎と違って、白の爽やかなタイラインシャツを着た彼は、この夏場に長袖でありながら、まったく涼しげな顔をしている。

「やあ、今頃お目覚めかい」

「んあ？　まあね」

あれだけ大勢綺麗な女の子がいて、本日最初に遭遇したのが嫌味な従兄弟とはついていない。

「そんなにのんびりしていていいのかい？　僕なんか、昨日の晩のうちにほぼ全員をチェックし終えて、もう決めてしまったよ。まあ、少々悩んだけどね」

「チェック？」

「メイド達のだよ。まだ寝ぼけて、頭が働いていないようだね」

「ああ、あの専属を決めろ、ってやつか」

昨日は伯父の書斎を出たあとはほぼ自室に篭りきりだった。夕食の席には出たものの、それからは部屋にトイレもシャワールームもあったお陰で、他に行くところがなかった。

その間にもこの軽薄そうな従兄弟は、おそらく全てのメイドに声をかけて、品定めをしていたのだろう。

「小次郎君も早く決めた方がいい。決断力も才覚として重要だからね。そうだ、紹介しておこう。おい、夕貴《ゆき》」

階段をゆっくりと手荷物を持って上ってきたのは、栗色の肩にかかるくらいの髪をした女性で、小次郎達と同い年ほどに見えた。鼻筋がよく通り、やや切れ長のこげ茶色の瞳をしている。誰が見ても、紛れもない美人であり、また紺色のメイド服の上からもはっきりと肉体の女性らしい隆起がわかる抜群のプロポーションをしていた。

「おはようございます、小次郎様」

「あ、ああ、おはよう……」

落ち着いた物腰の口調で、清潔感もある。滲み出てくる色香とのバランスが絶妙で、男女とも好感を持たれるタイプなのだろう。ただ潤み光る瞳の揺れに、微かな憂いを感じて、それが気にかかった。

「彼女は、森田《もりた》夕貴君だ。先程、僕の専属メイドになってもらってね、今、新しい部屋に荷物を運ばせているところさ」

「ふ、ふうん……」

羨ましい、といった気持ちをそっけなく隠す。

そっと清彦が近付いて、耳元で囁いた。

「どうだい、いい女だろ？　あの唇、たわわな胸元、いやらしい腰つき、色々と期待できそうだと思わないか、クク……。じゃあ、早く君も専属メイドを決めたまえ。お互い、フェアでいこうじゃないか」

夕貴を従えるようにして、清彦は階段を上っていった。

(何だってんだ、清彦の奴？　しかし、夕貴ちゃんか……。美人、だったな。あんな子が、もし本当に……)

ブルンブルンと顔を振った。

(はあ、何を考えているんだ、俺……)

この館で暮すように言われてからまだ三日と経っていない。バイトから帰ったその夜、母親から聞かされ、サブミッションを連続で決められても拒み続けたのだが、『大学の学費免除だし』『毎日美味しい物が食べられるし』そして『可愛いメイドさんがいっぱいいるのよね』と聞かされれば、

「ま、まあ、行ってやらないこともない。あ、あくまでも家計を助けるためだ」

と答えてしまっていた。

一階に下りて食堂に入る。そこで遅い朝食をとりながら、近くにいた何人かのメイドに話しかけてみた。その後にはやたら広い西日雀邸の探索も兼ねて、一人ずつ声をかけてみるが、名前を覚えるだけでも一苦労だ。

メイドの仕事はほとんど雑用で、それでも暇を持て余すことはないようだ。あのメイド

長が目を光らせているだけあって、皆言いつけられる前に率先してやることを見つけていく。確かに二十名ほどいても、この広大な敷地の隅々までを掃除しようとなると、一日や二日ではとても無理な相談だ。散り散りになった彼女達を見つけ出して、話をしてはみるものの、この限られた時間でどう人となりを判断する？　そもそも、いったい何を基準に選べばいいのか？

「うう、こうなったら、アミダでもして決めるかぁ……」

二時間ほど歩き回って、再び戻った食堂でぐったりしていると、さりげなく料理長が飲み物を運んでくれて、ポンと軽く肩を叩いていく。このおっさんはいい人だ。

（伯父貴の専属らしい涼子さんに、清彦が決めた夕貴ちゃん、それとメイド長の麻里さんは候補から外れるよな。それ以外にえっと、十八名だったか？　印象に残っているのは、絵美ちゃんに、つかさちゃんに、瞳《ひとみ》さんに、望《のぞみ》さん。あのツインテールの子はなんていった？　ああ、渚《なぎさ》……いや違った……）

脳内のＣＰＵをフル稼働させても、この情報をどう処理していいのかわからない。

「何を悩んでいるんだ、俺？　別に恋人選んでいるわけでもないし。まあ、専属っていっても、身の回りの世話をしてもらうだけだしな。でも……」

美少女の夕貴を従えた従兄弟は心底羨ましく見えた。『色々と期待できそうだと思わないか』そう囁いた清彦の瞳は、あからさまな劣情に満ちていて、ただ身の回りのことをしてもらうだけの相手に向けるものではなかった。従順そうな彼女らと二人きりになる時間はきっと多い。あわよくば、なんて思いがまったくないわけでもない。だが明らかに力関係のはっきりしている間柄で、そういったことを求めてしまうのはどうしても卑怯なことのように思えてならなかった。

「ああ、そうか。だったら、そんな気の起こらなさそうな相手にしとけば問題ないじゃないか！　俺って、天才……くっ、そんな娘いたか？」

この館の敷地内と外界では、女の子のレベルが違いすぎた。人が羨む状況が、これほど自分を悩ませるとは。

「やっぱりアミダしかないのか。麻里さんに名簿でも借りてくるか」

重い腰を上げて、ゆっくり数歩進んだその時だった。

靴底に、ぐにっとした感覚があった。

「ん？　モップ？」

ぐっしょり水を含んだ長方形の先端から滲み出たもので、床が僅かにぬかるんでいく。

大して湧き上がる感情もなく、そこから柄の先まで視線を送っていった。

俯いた小柄な少女がそこにいた。結構小さい。ちびっこだ。

「どいて……邪魔だから」

ほぼ無感情な声は、前髪で目元を隠したままこちらを一切見ることなく発せられた。

「あ、ああ……悪い」

ひょいと彼女の行く手を空けてやる。すると彼女は何も言わずにそのまま床掃除を続けるのだった。

（あんな子、いたっけか？）

背中までかかった赤茶色の髪は、涼子や夕貴にも負けないいくらい艶やかで、いくら形《なり》が小さいからといっても、少しくらい印象に残ってもよさそうなものだ。確かに、昨日この館に踏み入れた時に彼女はいなかったし、この二時間ほどの探索でも話した記憶はなかった。だが、どこかで見たことがある。

少女は、食堂の端までモップをかけて、そこからターンして戻ってくる。その顔を上げた瞬間だった。ちょっとツリ目な濃紺色の瞳と視線が合う。見つめあったまま、彼女はパチリと三度瞬きを繰り返した。

「「あああぁ！」」

互いに指を指しあった。

「クマさんパンツ！」「公園に出た変態！」

彼女の小さな指先がぶるぶる震え、美麗な顔がカーと真っ赤に染まっていく。さらに目尻が吊り上がり、グッと唇が噛み締められた。

「や、やっぱり見てた……。わ、忘れさせる」

メイド少女がわなわな震えてこちらを睨みつけたその直後、
ブオオオォン！　モップが弧を描くようにしなって、襲い掛かってきた。

「うわああ、よせ、落ち着いて！」

確実に頭部を狙った長方形の先端が、辛うじて避けた鼻先を掠める。彼女の目は本気だ。本気でタマを取りにきている。

「だ、黙れ、私のあそこをグリグリしたくせに！　もう一度気絶させて、記憶を消去させてやるぅ！」

そこには料理長とメイド三名も居合わせたのだが、誰もこの暴走暴力娘を止められない。触らぬ神に祟りなし、または自分の身は自分で守るのがこの館の掟なのか、はたまた突発的な出来事についていけていないのか、呆然と見ているようだ。小次郎はというと、

「や、やめろって……」

周りの状況を冷静に見る余裕は一切ない。少女はテーブルに飛び乗って、大きくモップを振りかぶった。上から叩きつける気でいるらしい。追い詰めたハンターは狂気の笑みを浮かべ、獲物の頬が引き攣った。

「こんなところまで追いかけてきて、このストーカーぁ！　覚悟しろ！　へっ⁉」

飛び掛かりかけたその瞬間、クロスに足を取られた彼女はバランスを崩して、

「きゃあああぁあ！」

ズルッと滑って倒れこんだ。

「危ない！」

前のめりになった少女が青年に覆い被さり、彼はその体重を受け止めてそのまま背中から床に倒れた。二人は重なった状態で、彼は仰向け、彼女はうつ伏せになっている。

ふわりと広がった長い髪がゆっくりと下りてきた。甘い少女の香りが鼻腔を擽《くすぐ》る。

（えっと、これって……、あっ……）

小柄で華奢なのに温かくて柔らかな感触を抱きしめていた。美しい紺色の大きな瞳が、物凄く間近にあった。愛らしい唇が青年の頬に当たっている。ドキンドキンと二つの鼓動が近いところで響きあっていた。

何が起こっているのか考えて、驚き惚けているのは二人とも同じだった。頭の整理がつくよりも前に顔が真っ赤に染まっていく。それでも心地良かった。

「あ、ああ、あああああああ！」

見る見るうちに顔を引き攣らせ、次の瞬間に彼女の上半身が飛び退いた。メイドは、全身を震わせ、顔を俯かせ指先をそっと唇に当てる。

「頬に、あ、当たった……。やだ、なんで……こんな……」

「お、おい……大丈夫、か？」

泣き出しそうな怒り顔でキッときつく睨まれる。

「うわああ、抱きついてきたのは、そっちだぞ」

あの忌まわしいハイキックの洗礼を思い出し（これって……きっとボコボコにされる！）

小次郎が防御の姿勢をとったのは言うまでもない。

「あ……れ……？」

予想された衝撃がこない。恐々《こわごわ》と薄目を開ける。眉を顰めながら、彼女はじっとこちら

を見つめていたが、

「もういい。……書庫の掃除、しなきゃ……」

「はぁ？」

すっと立ち上がり、小さな体でモップをずるずる引き摺っていくメイド少女。食堂の扉から、誰に対してでもなくペコリとお辞儀して、そのまま出ていってしまった。

「な、なんだったんだ、あれは？」

どうやら嵐は過ぎ去ったようだ。そういえば確かに同じメイド服。あの子がここにいることも充分に考えられたのに。

（ここにきて色々あって忘れていたな……）

はぁ、と溜め息をつく青年に、ことの一部始終を見ていたメイドの一人が近付いた。

「も、申し訳ありません。あの子、小次郎様のこと、知らなかったみたいで。ご無礼をお許しください。あの、普段は本当にいい子で、確かにちょっと気は強い方ではあるんですけど、あんな風になったのは、初めてで……」

「はは、嫌われてしまったかな」

「うーん、昨日は遅く帰ってから、結構機嫌よかったんですけどね」

隣のメイドと一緒に、うーん、と顎に手を当てて考えてみる。

（確かに美少女ではある。だがあの気の強さと攻撃性。あのクマさんパンツに血迷いかけたことはあるが、だからといってあれに手を出そうとすれば、その前に俺が殺《や》られる。そう、確実に……）

青年の瞳が煌めいた。

「うん、完璧じゃないか」

「はあ？」

「あの子の名前は？」

「えっ！　あ、はい。有川《ありかわ》こみな、ちゃんです」

その日のディナー、次の日の期限を待たずして、小次郎は自分の専属メイドを誰にするか実篤に告げたのだった。


有川こみなに関する資料によると、この館に彼女がやってきたのは半年前になる。西日雀グループ企業の研究員であった両親はその数日前に亡くなって、身寄りのない彼女をここで預かるようになった。表向きの保護者は、遠縁の親戚になるのだが、一切連絡もないらしい。

「へえ、同い年なんだ……。随分、苦労してるじゃないか」

資料に添付された写真の彼女の表情は暗い。おそらくここにやってきた直後に撮られた物だ。

昨日から今日のお昼近くまで見かけなかったのは、外の用事から戻ってすぐ、自身にペナルティを科して一晩中倉庫の整理をしていたからららしい。そのため、朝の仕事は免除され、小次郎よりも遅い起床となったようだ。その辺りを考えれば、責任感は強いようだ。

(用事って、やっぱり俺の迎えのことだよな)

二階にある庶務室のデスクで、はあ、と溜め息をついたその時だった。

「ふーん、それが小次郎君が選んだ専属メイドかい？」

ほとんど暗殺者なみに気配を消して、清彦が肩越しに資料を覗き込んでいた。

「ぬあっ！　清彦！」

驚いて飛び退いたその時には、手にあった資料は自己中心的な従兄弟が持っていた。

「お、おい」

「ふむふむ、何々……。あ、有川……っ！　まさか……」

清彦の瞳が驚きに開かれたように見えた。

「？　……知って、いるのか？」

有川こみなの写真を見つめる従兄弟は喜びと憎悪の入り混じったような複雑な顔をしていた。小次郎の問いかけに反応するよりもまず、彼は心を落ち着かせるように一つ深呼吸して大きく息を吐く。

「いや、知らないな。でも、気難しそうなメイドじゃないか。まあ、頑張ってくれたまえ。じゃあ、僕は失礼するよ」

庶務室を出ていく清彦の背中を見ながら、妙に引っ掛かるものを感じた。

(なんだ？　あいつの態度……。んっ……、まあ、気にするようなことじゃないか)

庶務室の鍵をメイド長の麻里に返し、自室に戻ろうとした時のこと、小次郎は階段を大きな荷物を抱えて上っていく赤茶色の髪の少女を見かけた。かなり大きめのダンボールで、小柄な彼女の体付きではいささか重そうではある。

「や、やあ、持ってやろうか？」

いくら劣情を抱かないようにと選んだ彼女であっても、専属である以上最も顔を合わせることになる。関係は早めに修復したいものだ。

「い、いい。メイドの私物を、アンタに持たせるわけにはいかないもの」

とりあえず変態からアンタに格上げはされているらしい。ちょっと唇を尖らせた攻撃的な印象はまだそのままだが、なんとなく彼女の頬は朱に染まって見えた。

「いいから、貸せ」

強引に奪う。その瞬間、指先がか細い彼女のそれに触れた。少し意識はしたものの、何事もなかったようにダンボールを持ち直す。メイド少女は、「あっ」と小さく声を漏らし、胸元に両手を置いたようだった。

少しだけ沈黙したまま、階段を上っていく。

「ね、ねえ……。なんで、私を選んだの？　その、専属に……」

妙に気恥ずかしさ溢れるしっとりとした口調と鋭い眼差しは借りてきた猛獣のようで、小次郎の警戒心を膨れ上がらせた。

「んっ、えっとそれはだな……」

次の言葉の前で踏みとどまった。

(うーん、まさか劣情を抱かないためとか、本当のことを言ったら殺されそうだな。いや、待てよ。ここは一連の仕返しに……)

ニヤ、口角が上がっていた。

「まあ、お前のようななってないメイドをだな、調教して、躾をしてやって……」

「ちょ、調教!」

「時には、罰を与え、お仕置きしてだな……」

「お、お仕置き!」

「従順な立派なメイドに育ててやろうって、心意気かな。なんて……えっ!?」

こみなの顔が真っ赤に染まっていた。視線はやや下向きで、熱帯びた潤んだ瞳にちょっとした憂いと羞恥、そして微かな悦を含ませている。

「や、やっぱり……するんだ……」

チラリと視線を流したメイド少女は妙に色っぽかった。

「い、いや、冗談! 冗談だぞ」

「冗談?」

何だこの雰囲気は。まったく構想と違うではないか。主人とメイドという立場から、彼女の攻撃性が鳴りを潜めるのはわかる。だが恥ずかしそうに頬を染めて連れ立って歩くこの状況は、初めてラブホテルに向かう初心な恋人同士か、童貞と処女の新婚初夜だ。

（俺も、何をドキドキしている？　身の回りの世話をしてもらうだけだろ）

そのまま二人とも押し黙って、ようやく三階に到着した。使用人のスペースや、食堂、浴室のある一階と違って、二階と三階はあまり人の気配が感じられない。階下と同じだけの広さに、西日雀の血族は三人だけ。それぞれの部屋も離れていて、物音すら聞こえてこない。

「ふう、それで、この荷物、どこに運ぶんだ？」

「ここよ」

「えっと……？　おい、ここって！」

赤茶髪のちびっこメイドが止まった場所は、小次郎の自室だった。

なぜ彼女の私物を自分の部屋に運ぶことになったのか？　その理由はすぐにわかった。

ただの物置か何かだと思っていた、三十畳ほどある広い一室の端にある長方形のスペース。薄い仕切りに囲まれたそここそが、専属メイドの私室となる場所だったのだ。

ダンボールを置いて少しだけ眺めてみると、簡素なベッドと机だけという殺風景さで、以前小次郎が実家で使っていた部屋と比べても随分と狭い。

「じゃあ、着替えるから」

「着替え？　今から？」

こみなはほんの少しだけムッとして瞳を細めた。頬がほんのりと赤い。

「……着替えるからっ！　別に、見たいっていうなら、見てってもいいけど……」

「えっ！　あ、ああ、悪い……」

慌てて小部屋を飛び出して、やれやれ、と自分のベッドに腰掛ける。

（あいつ、俺のこと、まだ変態だと思ってるのか？　見たくない、とは言わないけど）

確かに身の回りのことを言いつけるには、遠くにいてはすぐに対応してもらえない。だからといって、わざわざ部屋の中にもう一つ部屋を造り、ほとんど一緒に生活する必要があるのだろうか。この家で暮らしてきた実篤や、生まれながらのお坊ちゃんである清彦と違って当たり前の庶民であった小次郎は自分のことは大抵自分でやってきた。メイドに頼むことと言っても、せいぜい部屋の掃除くらいのもので、食事は一流シェフである気のいい料理長に頼んだ方がいいだろう。あとはせいぜい話し相手くらいだが、こみなの場合、むしろ喧嘩相手といった方がしっくりくる。

「便利なのか、この状況は？　いや、こんなすぐ隣に女の子がいたんじゃ、おちおちオナニーもできやしない。って、聞こえてないよな……」

つい呟いた言葉に焦ってしまう。言葉尻は小声になったものの、猥褻なワードはしっかり喋っていた気がする。どうせよくは思われていないのだからと開き直ってはみるものの、可愛い女の子に、それも自分の専属に指定したメイドに、嫌われたままというのも気分が悪かった。

カチャ、と扉の開く音が聞こえた。微かな戸惑いすら見せるゆっくりとした動きで、小部屋から現れ出てくる。

「ほ、ぉお……」

昨日今日の彼女しか知らない小次郎でも、新鮮なその姿にドギマギしてしまう。

少しだけこみなの頬には赤みが増していた。新しいメイド服は伯父の書斎で涼子の着ていたものと同じデザインで、丈が極端に短く、胸元が大きく開かれている。それらをきちんと見せ付けるために、白いエプロンは胸部を覆わぬハイウエストで、下にはパニエを合わせていた。

「これ、誰かの専属になった時だけ着られるやつ。……それから……」

だが涼子とまるで雰囲気は違う。全体を眺めれば彼女は人形のようだった。しなやかで線の細い四肢に、乳房の盛り上がりは本当にささやかで、色香よりも可愛らしい愛玩物といった様相だ。

「する必要ないわよ、オ、オナニー……なんて……」

表情だけは相変わらずで、どこか威圧的な瞳でじとっと見てくる。

「お、お前……聞いてたのか……」

「聞こえたの！　声が大きいっつうの。はあ、何でこう、イライラすんだろ。アンタといると調子狂いっぱなしよ」

確かにどこか落ち着きがない。出会いも再会も最悪ながら、それでも彼女がタメ以上の口の利き方のできる相手に対してそれほど緊張するようなタイプとは思えなかった。むしろ二人きりの状況に緊張しているのは小次郎の方なのだ。

横柄な口ぶりのメイドがじっとこちらを見ている。

「な、なんだよ」

大きく深呼吸したメイド少女の表情が、これまでにない真剣なものに変わった。

「ねえ、アンタ、専属メイドが何をする存在か知ってる？」

「な、何って……身の回りの世話だろ。まあ、楽でいいじゃないか。俺はとりたてて難しい要求をするつもりもないし」

「それじゃ困るの。……やっぱり知らなかったんだ」

少しだけ、彼女は恨めしそうな顔をしている。

「な、何のことだよ？」

あの泣き出しそうな怒り顔を見せ、そこから、はぁ、と呆れたようにこみなは溜め息をついた。

「ああん、もう！　覚悟して、心の準備してきたのにぃ！」

「だから、何のことだよ！」

重ねての問いかけに対して、ギロリと睨みつけてくる迫力にたじろぎもする。

「うるさい！　アンタに私の気持ちなんて、わかんないんだから！」

怒った顔が、数秒おいてまた溜め息をつく。腕を組んで難しい顔をしてしばし考え込む威圧的なメイド。右足首の先だけ動いて、トントンと床を叩いていた。

「……と、とりあえず、仕事しましょ。そ、そうね。まず、アンタの持っているエッチなDVDとか、全部出して」

「な？　いきなりなんだよ」

「処分するから」

言葉の意味を理解するのに数秒はかかった。顔だけは血の気が引いて蒼白になる。そんな男子の様子を至極真剣に、どこか冷ややかにこみなは見つめていた。

「……そ、そんな物は、ない……」

じっと怪しむ瞳が小次郎を捉えた。強烈なプレッシャーがのし掛かる。

（に、逃げちゃだめだ。逃げたら、殺られる）

小さな体が腕を組んでふんぞり返っていた。ベテラン刑事がスカウトしにきそうな鋭く細められた視線が青年から冷汗を滲ませる。無言のまま彼は瞳を逸らした。

「ふん、そこね」

届いたばかりのまだガムテープで封をしたままのダンボール。ついチラリ見てしまったそれに彼女は近付いた。

「わあ。こ、こら、人の私物を勝手に……」

べりべり……。完璧に無視され開かれるダンボール。その直後、メイド少女の眉尻がピクッと上がった。振り返られる。

（うお、何だ、その汚い物でも見るような目つきは……）

「客室乗務員に、ナースもの……。アンタ、こういうのが趣味なの？　女医に女教師に、ミニスカポリスって……。う……っ、メイドもの……。えっ、こっちも、なっ、この下全部……メイドシリーズ……？」

「わ、悪いかよ！　その、なんだ、男は夢を追い求める生き物なんだ」

可哀そうな者を見る目つきが小次郎を捉えた。

「はあ、まあ、知っててこんな物集めていたわけじゃなさそうだし……。よかったわね、夢が叶って」

「はあ？」

なりたての専属メイドは主人の胸にギリギリ届くかという身長で、大きなダンボールを抱えあげた。かなり重そうではあるが今度は手伝うつもりもない。かといってこの小さな怪獣相手に反抗するには克服しなければならないトラウマがあった。

部屋に備え付けられたダストシュートにお宝は無造作に放り込まれる。

（ああ、俺の恋人達が……）

ふん、と鼻を鳴らしてメイドはパンパンと手を叩きながらこちらを振り返った。その直後、彼女の表情は神妙なものに変わる。

「ね、ねえ、最後にその……抜いたのっていつ？」

「抜いた？」

唐突な質問だった。

「だ、だから、その……女の子とエッチしたり、その、自分で処理したのは……」

「な！　まさかそれって、お、おいそんなこと聞いて……」

「いいから答えて！」

小さな体に迫力だけは姐さん級だ。蛇に睨まれた蛙の状態で、小次郎の防衛本能が勝手に口を滑らせる。

「一週間くらい前に、ＡＶ見て……、って何を言わせるんだ、お前は！　あれ？」

目の前で突然天変地異でも起きたような驚きの顔をなりたてメイドはしていた。

「若いのに、そんなに空いて！　そんな性欲の強そうな顔してるのに？　趣味はエッチビデオの観賞くらいしかなさそうなのに？　超弩級の変態なのに？　ありえないわ……」

「おい……」

メイド少女は俯きながら、じっと何かを考え込み始めた。勝手に一人で表情をコロコロ変えて、その中に笑顔というのは一度もなかったが、理解不能の台詞をいくつも吐いたあとの急な沈黙。この状況にどう対処していいのかわからず、外を眺めればもう暗闇で、しかし彼女を無視して何かを始めることも気が引ける。

不意に、少女は顔を上げた。

「溜まってる……よね……」

ボソッと呟いたあと、彼女はじっとこちらを見つめてきた。両の拳がギュッと握られる。

何度目かの溜め息をついて、そこで無理やり表情を消したように見えた。

「じゃ、じゃあ、本来の専属メイドの仕事、させてもらっていい？」

「えっ、なんだよ、急に……」

こみなの眼差しは真剣だった。〝本来の〟という言葉を聞き流していた小次郎であったが、とても掃除や片付けをする前の雰囲気でないとは感じ取れた。これから彼女が何をするかはわからなかったが、断る理由の一つも思い浮かばない。

「あ、ああ……でも、何を……」

やはりこみなの頬は桜色に染まっている。体の震えが見て取れて、いったい何をそんなに緊張しているのかと思った。

「それではこれより、ご、ご奉仕、させていただきます」

彼女の唇から発せられたのは、小次郎の印象とは違うきちんとした挨拶と口調だった。

「ああ……。いっ！」

深々とこみながお辞儀をした瞬間だった。メイド服の広くて深い襟が下がって、その隙間から見えてしまう。緩やかな膨らみしかない微乳の雪白の峰が露になって、そして、

（ち、乳首ぃ……っ！　そんな、見えてるって！）

ツンと愛らしい桃色の突起が、背徳的な形状に濃厚な牝香を滾らせ、そこにあった。

（ノーブラ……！）

目を背けるのを忘れてしまう。いや、お辞儀をした俯く姿勢でこちらを見ていない少女に対しての確信犯だった。疼き始めていた分身が、視覚からの刺激に奇襲されて、股間を

はっきりと張り詰めさせる。だが、こみなの小柄な体が微かに震えているのを見取ると、きゅんと胸を締め付ける罪悪感が湧き起こった。

（あいつ、まさか……わかってて？　なんで？）

ゆっくりと魅惑的な上体が起こされ、再び瞳が合った直後、彼女は恥ずかしそうに一瞬だけ視線を逸らした。

「じゃ、じゃあ、これから、するから……」

ゆっくりと近付いたこみなは、ベッドに腰を下ろしている青年の前で跪いた。真上からメイド少女を見下ろすと、乳房未満の膨らみと、それゆえに目立ついやらしく尖った乳首が先程よりもはっきりと確認できる。

「え、え、えっと、いったい、何をなさるんでぇ？」

ドキンと鼓動が鳴って、声が上ずってしまう。

「私が……さっき捨てたあれの代わりになるのよ。これが、専属メイドの仕事。さっき、オ、オナニーなんて、する必要ないって、言ったでしょ。アンタは自分でしなくていい。私が、その、するから」

劣情が理解させた。口内に唾が溢れてしまいゴクリと音を立てて飲み込んでしまう。喧嘩相手にしかならないと思われた少女がいやらしいことをすると言った瞬間に、人形のように思えた彼女が、妙に生々しい存在に変化して、美少女の鼓動も体温も感じられていく気がした。

（これじゃあ本当に、あれで見たままの世界じゃないか）

期待が膨らんでしまっていた。同時に湧き起こる罪悪感。そんな気持ちを抱かないようにと選んだ相手が、あろうことか自分から男の性欲を満たしてくれると言っている。こんなこと許されるのか？　だが、劣情に金縛りにされて動けない。

か細い腕が小次郎の股間を広げてくる。力弱い押しにまったく抵抗できなかった。

「こみな……。ほ、本当にこれが仕事なのか？　いや、そうだとしても、こんな、急に」

「溜まっているんでしょ。ア、アンタに勝手に抜かれたら困るの。専属メイドの仕事は、仕えた主人の性欲処理なの。アンタの命令に従って、どんな恥ずかしいことでもして、満足させなきゃいけない。もし仮にアンタが自分で扱くとしても、私にいやらしいことを命じなさい。それで私の体に放つの。さっきみたいのなんかで抜かれたら最悪。私のいる意味がなくなっちゃう。お給料だって、減らされるんだから！」

捲し立てるようなきつい口調ながら、縋るような瞳を向けてくる。

「こみな……」

膨らみきった股間が彼女の瞳に捉えられている。伸ばしかけた少女の手が、触れる手前で瞬間止まり、

「べ、別にアンタのこと、好きでもなんでもない。仕事だからするんだから、勘違いしないでよ」

「好きじゃないならよせよ。したことに……しとけばいいじゃないか」

「無理だってば！　御当主様に聞かれるの。具体的にどうしたか。想像で、答えられない。……したこと、ないんだもん」

恨めしそうに泣きそうに、上目遣いで見つめてくる。顔はさらに真っ赤になって、もうこれ以上困らせないでと言っているようだった。

しなやかな白魚に喩えられる手がズボンの中心に優しく添えられた。

「あ、あ、あ、こ、こんなに……や、やだ大きい」

自身の言葉を証明するようなうろたえをメイドは見せた。それでも気の強い彼女は、その小さな手で、強張った肉塊の形状を確かめるように緩やかに上下させる。ゾクゾクと優しく嬲られる刺激が、そこから波紋のように全身に広がってきた。男の本能がこいつに種付けしろと焚きつけ、興奮に呼吸の乱れが生じてしまう。

「か、硬いんだ……。やっぱり、本物も……」

「本物って、まさか、お前……」

言いかけた瞬間、射殺すような瞳で睨まれる。

「模型で練習させられたんだから！　自分から変な物持ちたがるわけないでしょ！」

「ひいっ、わかったから……そんな、怒るなよ」

「あ、ご、ごめん……。あ、あの、本当に、は、初めてだから、その、できればもっと具体的に、どうすればいいか……命令して」

眉を顰めた羞恥顔に、初めて聞いたしおらしい声。こんな一面もあったのかと思い知らされ、ドキッと鼓動が跳ねた。

「えっと、じゃあ、まずベルトを外して……」

メイド服の装着に比べれば、男のズボンを脱がせることなど造作もないだろう。ただそれでも緊張と恥ずかしさのせいか、指先は常に震えたままだった。チノパンの下から現れ出るボクサーパンツ。くっきりと肉棒の形状が浮かび、逞しい盛り上がりに興奮と淫楽への期待が示されている。

「じゃあ、下着を脱がせてくれ」

「う、うん」

ボクサーパンツの上に小さくて繊細な指先がかかり、ゴムが引き上げられる。ギュッと一旦瞳をきつく閉じた彼女は、そこからゆっくりとズリ下げていった。

小次郎の男が外気に晒される。少女が戸惑いがちに瞼を開く。

「あ、あぁ、あ、こ、これが、本物……」

着衣の圧迫から解放された小次郎の分身は、その幹に毒々しく血管が浮き上がり、視線と可憐な少女の甘い息遣いを浴びて凶悪にそそり立った。カリ高く亀頭はパンパンに膨らみきって、荒々しい男を誇示している。

「おっきくて、変な臭い……。ムンとして、熱そう……」

入浴前の汗臭さが少女の美顔を犯し、ヌラつく先端が欲望を正直に表していた。

本当に初めて見たのだろう。だからこそ彼女は瞳を逸らせない。驚愕に思考が追いつけず、眼前にそそり立つ逸物がいったい何なのか、答えを導き出すのに時間がかかる。可憐な美少女の大きな濃紺色の瞳に肉棒が映りこむ様子と、初心な反応を見せ付けられて、彼女の前でピクンと強張りを跳ねさせてしまった。

「きゃ……っ！」

からかわれたのかと思ったのか、少し頬を膨らませて睨みつけてくるこみな。

「な、な、なんか可愛いぞ、お前……」

「な、な、何言ってるのよアンタ。ば、馬鹿じゃない」

満更でもないらしい。ぷいと横を向いてしまったが、照れくさそうにしているようにも見えた。

（性格はともかく、可愛いのは間違いないんだよな。こんな子を俺は……）

恋人同士なら感動の瞬間なのだろう。しかし今は可憐な顔立ちをした晩生《おくて》な美少女がまだ出会ったばかりの相手の肉棒を仕事のためだけに愛撫する。それをさせるのが自分だということに憤りを感じた。それでも欲望が止められない。

桜色のぷっくりと柔らかそうな唇が見えた。

「こみな、えっと、その……な、舐めて、くれ」

性的行為を初めて命令したその瞬間、顔がカーと熱くなってしまう。ここでようやく小次郎は気付いた。エッチな命令をするということは、自分がして欲しい劣情を告白するようなものではないか。

横を向いていたメイド少女も、ハッと気付いたように視線を牡自身に戻し、切なげな顔を見せる。

「う、うん。じゃあ、するから」

愛らしい唇が開いて、そこから既に唾液に塗《まみ》れきった赤い舌ベロが伸ばされていく。あどけなさを残した顔がさらに近付いて、ふにっ、と先端が幹筋に触れた。

（こ、こみなが、俺のあそこを……）

自分で命令しておいて、今行われている事実に感動と興奮を覚えてしまう。彼女の大きな瞳が細められ、中心の濃紺色が潤みきっているように見えた。

れろぉ……。ふにゅふにゅと愛らしい舌先がカリ首の下の辺りを優しくつつく。

（うわぁあ、生暖かくて、おお、ぬちゃぬちゃが、いい）

意識が局所に集中していた。美少女の唾液に湿らされて、強張りがまたピクンと跳ねる。粘膜の接触面が徐々に増えて、初め遠慮がちだったベロの動きにも僅かに力が込められていた。尿道の膨らみに舌腹を丹念に這わせるメイド少女の姿は牝犬のようで、はぁはぁ、と直接当てられる熱い吐息が心地良く肉棒を包んでくれる。

「ど、どお？　その、ちゃんと、気持ちいい？」

「あ、ああ、上手いじゃないか、こみな」

「そ、そう、よかった。練習通りに、できてるみたい……」

小次郎の男全てを唾液に塗れさせようと、こみなは顔を斜めにさせながら側面に舌先を

伸ばした。肉棒がぷにぷにとした頬を押してしまう。すべすべとした気持ちよさに摩《さす》られて、先走りが漏れていった。すぐに鈴口から、とろり、滴りだして、桜色に染まっている頬を汚していく。

(こいつ、何でこんな、一生懸命に……。こんな好きでもない、男に)

妙に健気に見えてしまう。この気持ちは……。

ぬるぬるとした舌先の感触が、徐々に登っていく。少女の唾液と牡の汗臭さが混ざり込んで鼻腔に届いた。

「はぁはぁ、んっ……」

滑《ぬめ》りきった粘膜がカリ首に届き、傘裏に纏わりついていく。ぬちゅ、ぬちょ、と先走りの淫水が舌ベロに絡んで、桃色の唇が濡れて光沢していた。涎が滴り、ぬらぬらとした口元は、あからさまに女性器を連想させて、湧き起こる欲望が止められなくなってしまう。包み込まれたい。そんな欲求が募っていった。

「じゃあ、次は、はぁはぁ、口に含んで、しゃぶって、くれないか」

「う、うん、じゃあ、口の中に、入れる、から」

こみなの瞼がとろんと少し下がってきている。奉仕の間に徐々に色香を増していったように見えて、声にも艶が篭ってきていた。

唾液まみれの淫らに濡れそぼった唇が大きく開かれる。いきり立った肉棒の根元が、最初は戸惑いがちに、次にはしっかりと握り締められ、細い指先から確かな震えが伝わってきた。罪悪感を凌駕する背徳感がググっとまた一段肉棒を膨張させ、唇を犯す興奮に飲み込まれてしまう。

ぶぢゅ、ちゅぽ……。濡れた柔らかな唇が亀頭の先端を覆う。可憐な顔に禍禍しい牡性器が突き刺さり、小さかった口元がその太さのまま大きく押し広げられた。苦しそうに眉を顰めながら、それでもググっと少女は肉幹を頬張っていく。

「んぶっ、あふ……っ、んぐ、ぬぽぉ……」

口端からすかさず唾液が漏れて、先程湿らせた幹に上塗りされていく。ほのかな温かみに愉悦した。ぬるぬるとした感触が亀頭全体に広がって、愛らしい口内を感じていく。柔らかな唇が絶妙な圧快を与えてくれて、彼女の鼻腔から漏れる息が肉幹を流れていった。

（こいつ……こんなに、気持ちよくて……）

これまでセックスだって何度か経験はあるし、唇の愛撫だってしてもらったこともある。だが、こみなの唇はずっと暖かくまろやかで優しさに溢れていた。

「くう、いったい、どんな、練習したら……お、おおっ、う、上手い……」

裂口を舌先で押して、軽く広げるように優しく先端を潜り込ませてくる。ぬちゅぬちゅ、とそこから脳内に音が響くようで、淫らな行為をさせているのだと意識させられるのだ。その間にも麗顔がくねり、くちゅくちゅ、濡れた唇が優しく肉幹をなぞり続ける。

「ぁん、んじゅる、ろ、ろお？　ひもひよふ、んぷ、らっふぇる？　ん、むぐぅうん」

ぶぢゅるぢゅる、亀頭全体が舌に絡みつかれ、濃厚な口淫を味わわされる。突かれる刺激に溢れた唾液は涎となって、可愛らしい顎から滴り、真っ白な胸元へと垂れていた。

「あ、ああ、気持ちいいよ、こみな」

褒められたことに気をよくしたのか、麗しい無垢な唇がヌメヌメした男の淫水に汚されるのもお構いなしに、いやむしろそうされることを望んでいたかのように、夢中になっていやらしい牝を露にしている。

「んっ、れぉぉ、うぐぅ、んむんっ、んぷうぐううう」

ぢゅぷ、ちゅぱ、ちゅずず……。強張りが奥まで吸い込まれる。白いフリルのカチューシャが上下に揺れて、緩やかな癖のある赤茶色の艶やかな髪がふわりと靡《なび》いた。濡れた柔らかな唇が肉幹を優しく圧迫しながら全体を舐めて、内側では舌先が唾液と淫水の混合蜜を広げている。

ちゅぱ、ちゅぱ、ちゅぷ、れろ、れろぉ……。濃密に牡本体を刺激され、ズンズンと突き伸びていくような感覚に襲われる。根元を握り締めた美少女の指は、結合部から漏れ出た淫汁でぐしょぐしょに塗れ、甘酸っぱい秘め事の匂いが放たれていた。

「はぁ、はぁはぁ、やら、私、変な気分……んっ、むぐんっ」

尿管口を圧してくる感覚が肥大してくる。唇の痴戯を続けるその向こうに、紺衣の下から緩やかな膨らみの乳房が覗けていた。それでもちゃんと牝だと主張するように乳首は発情してツンと起《た》っている。高揚した表情にも興奮した女のそれを滲ませていた。

（まさか、こみなも感じてる？）

じゅぶ、ちゅば、ちゅば……。眉を顰めて瞳を細める顔が上下する。前髪が揺れるたびに唇の柔らかな粘膜に擦られる快感が湧き起こって、カリ首がジンジンと痺れを起こした。

「くっ、うう、出したく、なってきた」

メイド少女の口内で舌が優しく回転させられる。淫らな性器と化した口壷の中では、ぐしょぐしょと唾液と先走りの淫水が混ざり込み、だらり端から漏れて肉棒全体を濡らしていった。猥褻な光景が自分の体に繋がっているかと思うと興奮はぐんと高まり、次の瞬間には冷静に見つめることなどできなくなっている。

「んあふっ、ぅぐん……。らして……むぐ、んぶ、んぐぅぅ、そのらめに、してひる」

高まりを引き上げるように、少女の頭を掴んでいた。気持ちいいのと吐き出したい欲求が同時に膨張していく。今更ながら、もう彼女に気を使うような気持ちが消されてしまう。

「じゃ、じゃあ、はぁ、はぁ……ご、ごめん。いいんだね」

返事の代わりに顔のグラインドを激しくさせる奉仕メイド。根元を締めていた小さな指先の握りを僅かに強め、激しく扱きたて始めた。

くちゅ、ちゅる、ぢゅるぢゅる、ぢゅぽぢゅぽ……。

「んちゅばぁっ、ぁはう、ぅむん、はぁはぁ、早く、んぶっ、んんぅ、らして……」

ぬちゃぬちゃと湿った掌を上下して、男の爆発を駆り立ててくる。それに合わせて陵辱への欲望が疼いて、掴んだ頭を我が儘に引き寄せていた。

「ん！　んぐぅむむ、んふぅ、ぅふううぅうう！」

驚いたようにメイドの瞳が開かれ、ぢゅぷぷっ！　苛烈に押し込まれると再び細められた。涙ぐんで、美しい滴が頬へと流れる。そんな様子さえ男の陵辱感を高めさせ、腕に力が込められてしまう。

ぬじゅ、じゅぷ、ぬちゅ、じゅぷぅ！　喉奥まで先端を突き込んだ。

「はあ、はぁはぁ、こみな、が、我慢、できないんだ」

我慢できずにエゴイズムを叩きつけてしまう。自分が気持ちよくなるためだけにメイドの顔を振り動かした。ゆさゆさと激しく揺らされる紅石榴《べにざくろ》色した髪が、掴んだ両手を摩っていく。

ぶっ、ぶっ、ぶぷっ、ぢゅぷっ……。人形のような整った顔立ちの少女。肉棒をぶち込んでいるのは肉の玩具で、猥褻な性欲処理のために与えられたものだ。

「うおおおお、気持ちいいっ！」

一人の少女を汚していく背徳的な快感が、むちゃくちゃに男の腕を振らせていった。

ぢゅぶぶ！　ぢゅぽ、ぬぢゅぶぶ！　唾液と淫水の混ざりあう音が室内に響き渡り、前髪越しにギュッと瞳を閉じたメイドが見える。苦しくても抵抗すら許されず、溢れ続ける涎の液糸が口元から胸元にかけてを汚しても、拭う余裕もない。

「ぅん、むぐぅっ、はぁ、んぐむっ、んぅう！　らしてぇ、んぶっ、はやぐっ、んふぅ！」

強姦だった。メイドとしてではない、一人の女の子としてのこみなの心を無視して、自己中心的に劣情と自分勝手な苛立ちをぶつけてしまう。

（わかっている。でも、くっ、うう……、ここまできて、もう抑えられない）

汚されきった愛らしい唇から、苛烈なピストンで唾液がぷしゃぷしゃ飛沫をあげていく。

柔らかな唇で肉幹が擦られ、抉り突く舌と喉の粘膜がぬるぬると心地良く亀頭を舐めた。

少女の耐え忍ぶ手が男の太股の上できつく握り締められていても、噴き出したい欲求はずんずんとさらに高まって、

「こ、こみなっ、こみなぁああ！」

どぷ！　どくん、どびゅるびゅる！

小さな口の中で、ビクビクッ！　肉棒は大きく跳ね上がり、濃厚な牡汁を一気に吐き出した。

「うっ！　むぅううううッ！」

メイドの体がぶるぶると震える。初めて味わわされる濃厚な牡汁の滑りきった感触と饐えた臭い。噎せ返るのを堪えるようにギュッと両手が握られた。

ピクン、ピクン……。彼女の口の中でまだ熱く跳ねていた強張りも徐々にその反応を治めていく。一時の余韻とまだ暖かく包んでくれる心地良さに惚けていた。

「ぅは、はあ……んっ……」

ゆっくりと唇から引き抜かれると、僅かに顔を顰めて、ごくん、とメイドの喉が鳴った。

口元には飲みきれなかった白濁が漏れ出て、つんと鼻につく臭いを発している。それは唾

液と共にポタポタとささやかな隆起の胸元へと滴っていった。

「んぇぁ……っ、はぁっ、ぁぁっ、精液……こんなに、苦いんだ……。う、うえ、ねばねばするぅう……」

しなやかな指先が唇を拭う。長い赤茶色の髪も巻き込まれたようで、その艶やかな毛先にも男の精液が纏わりついていた。

暖かな接触が消えた途端にとんでもないことをしてしまった気分に襲われる。

「こみな……、その……」

涙の滲んだ顔で、ツンと気の強そうな瞳を彼女は向けてきた。頬はほんのりと桜色に染まっている。

「な、何よ、その顔。っん、はあ、気持ち、よかったんでしょ。だったら、ぅ……もう少し満足そうにしなさいよ」

ふん、と横を向いた彼女の表情に少しだけ罪悪感が癒やされたような気がした。強気な態度が自分を思いやってのことのように思えていたからだった。

# 第二章　支配される者の想い

「どういうことなんですか、これは！」

　重厚な威圧感を持った伯父に、まさかこんな声を荒げて詰め寄る時が、こんなに早く訪れるとは思いもよらなかった。こみなに最初の奉仕を受けた次の日、遅い出勤前の実篤を彼の書斎で捉《つか》まえて詰め寄ったのだ。

「いったい何事だ、小次郎」

　深く椅子に腰掛けた伯父は極めて落ち着いた口調である。

「専属メイドの仕事のことです。まさか、あんな……」

　昨日の濃厚な口奉仕を思い出して、ムズムズと下腹部が疼いてしまう。本人はすぐ後ろに控えているのに、あれからまともに彼女の顔を見ていない気がする。

「どうやら、母親からは何も聞かされていない、ということか……。やれやれだな」

　実篤の細められた瞳から強いプレッシャーを感じる。でも視線は逸らさない。強い意志で臨まなければまともに会話すらできない気がした。

「ふむ。いいだろう。説明しておかねばならないからな。小次郎、それに清彦もだが、お前達は我が一族の中からこの西日雀本家の当主候補として選抜されたのだ」

「一族の当主って……！　それは……」

初めて聞かされた話だ。今頃実家で母親が高笑いをあげている様子が目に浮かぶ。

「そう、お前か清彦、どちらかがいずれこの西日雀の家と企業グループを率いていかねばならない」

「そ、それと、メイドにあんなことさせるのと、どう関係あるというのです！」

驚きを隠すように声を荒げた小次郎に対して実篤はどっしりと構えている。

「落ち着け、小次郎。では逆に聞こう。この西日雀企業グループ約四十万の社員を率いるほどの力をどうすれば手に入れられると思うか」

「う……っ、それは……」

「今の時代、一族経営などというものが、万人に簡単に認められるはずなどない」

彼の瞳はどこか遠くを見つめているようだった。ふう、と一息吐いて、実篤はまた話し始めた。

「最も必要なのは強烈なカリスマ。そして人心を掌握する力なのだ。これはお前達のどちらにその素養があるかを見ると同時に、教育のカリキュラムなのだよ。専属メイドはいわばお前の最初で最も身近な部下なのだ。命じてみせよ、自分のさせたいことを。従わせてみせよ」

強引で乱暴な論理だった。だが伯父の重厚な口調がそれ以上の説得力を感じさせる。

「俺は、次期当主になりたいだなんて、言ったことも、思ったこともない。それに、何もエッチなことで従わせなくたって……」

反論が徐々に弱弱しくなっていった。言葉では勝てない。それは充分にわかってしまったからだ。認めたくはなかったが。

「主人とメイドの関係を見るのに、肉体の接触ほど適した場面はない。今のお前には、理解できんかもしれんがな」

「だからって、立場を利用して、いやらしいことをさせるのが、上に立つ者のすることですか！　貴方のことは、正直近寄りがたいけど、色々なメディアで見て尊敬はしていたんだ。その実態は、こんな……」

冷静であろうと言葉遣いには配慮しているが、頭に血が上って荒々しくなってしまう。

「小次郎様、それは違い……」

伯父の傍らに立って、やりとりを見つめていた涼子が口を挟みかけたのを、実篤は片手を上げて制止する。

「とにかく、こうして当主の器を見極めるのは、この館の仕来りである。西日雀家の典範は、部屋の机の中にある冊子に書いてあるから読んでおけ。一ヶ月様子を見る。そのうえでお前か清彦か、どちらが次期当主に相応しいか決めさせてもらおう。時間は限られておる。有意義に使え」

「身勝手な……」

小次郎は踵を返し、彼らしくなく乱暴に書斎の扉を開ける。言いくるめられたような悔しさを滲ませ唇を噛んでいた。彼のメイドは慌てて深々と頭を下げて、主人を追った。

どういうわけだろうか、苛立つと大抵早足になる。確かに昨日は彼女の面子もあって、いや、劣情に流されるままメイドの柔らかな唇と滑りのたうつ舌に精を迸らせた。しかし溜まっていたものが抜けると、急に罪悪感に囚われ、喜びと胸痛む切なさといった複雑な気分のまま、ただ虚脱して眠りについている。こみなの無理に強がった態度だけに救われていた。

「ちょ、ちょっと待ちなさいよ」

なぜこんなことをしたのか自分でもよくわからなかった。

「ねえ、ちょっと……御当主様にあんなこと言って……って聞いてるの」

ただイライラして仕方がなかった。

「待ちなさいって……」

小柄で気の強い彼女がただ仕事のためだけに自分にあんなことをした。その事実と結局拒むことすらできなかった自分に苛立っている。

「待てって言ってるでしょ！　この……っ」

ダダダ……ッ。猛進してくる殺気。本能が避けさせる。傍らを小さな突風がすり抜けた。

「うわあぁあぁあ！」

ドスン！　拍手を送りたくなるほどの見事なこけ方だった。

「な、何やってんだ、お前……」

鼻の頭を擦り剥いて赤くなった顔が床に伏しながら振り返った。吊り上がった大きな瞳に身の危険を感じずにはいられない。

「なに避けてんのよ、アンタ……」

「いや避けるだろ、普通……」

むっとしながら詰め寄ってくる華奢なメイド。視線を逸らせた瞬間に殺られそうで、本日ようやくまじまじと見た少女の姿からはどす黒いオーラが放たれていた。じっとこちらを見つめたあと、彼女はハアと一息吐いた。

「まあ、いいわ。アンタがあんな風に言ってくれるなんて、思ってもみなかったもの。普通、エッチなことし放題っていうなら、喜ぶものでしょ、男って。なのに変な奴。だから、避けたのも含めて、許してあげる。私は寛大だから」

妙に上から目線で胸を張るメイド少女。

「……お前、奥ゆかしいのは胸だけなんだな」

ピクッと少女の眉が引き上げられた。じわりとにじり寄ってくる。

「へえ、その奥ゆかしいものを見て、興奮してたのはどなたでしたっけ。アンタなんか心配して、大損したわよ！」

ブオオン！　風切りしなるハイキックをすんでにかわす。メイド服の裾丈とペチコートが捲れて覗けた下着は淡いピンクだった。もっともそんな感動に浸る余裕など当然なくて、小次郎は逃げ出した。

「こらあ、待てぇえええ！」

小さな猛獣に追いかけられながら心の靄が少しだけ消えていった。

自室、書庫、物置と見つかるたびに逃亡を繰り返し、ようやく匿《かくま》われたのは厨房の隅だった。特設のカウンターに座って、ふっ、と笑ってみたりする。

「しょせん俺は余所者なのさ。いや、流れ者。一時ここに身を置いて、そして去っていくだけの存在」

小次郎の自虐的な呟きに料理長が新しいグラスを目の前に置いたその時だった。

「い、いやぁ！」

うら若き乙女の突然の悲鳴だった。

広い食堂の豪勢な長いテーブルのさらに向こうの方が何やら騒がしい。

「や、やめてください、清彦様」

できれば会いたくない従兄弟に後ろから腕を掴まえられる可愛いメイド。離れた場所にいる小次郎からでもはっきりわかる胸の脂肪のつき具合は、かなりの巨乳だ。

「いいじゃないか、ちょっとくらい。今のうちに、僕の物になっておけば、悪いようにはしないって」

背後から彼女を襲い、いやらしい手つきが豊満な胸元に伸びていく。

「いや、お許しを」

「いいではないか、いいではないか」

げんなりした顔つきで見つめてしまう。

（悪代官かお前は！）

いや、突っ込んでいる場合ではあるまい。おろおろと様子を窺う他のメイド達。彼の専属である夕貴は表情を変えずに黙っている。

（まったくあいつ、絶対の権力者にでもなったつもりか）

男なら、あの乳房の膨らみを見れば気持ちはわからないでもない。だが人間である以上、最低限の理性は持って、秩序は重んじよう。今この場で、清彦を止められるのは自分しかいない。

「おい……」

悪ふざけの過ぎる従兄弟に正義の鉄槌を、そう思った次の瞬間、
パシッ！　欲望に歪んだ彼の顔に、おそらく数十回は使用されてたっぷり床の汚れを吸い込んだ、濡れたモップの先が直撃した。

「……こ、こいつ」

ギリと奥歯が噛み締められた。

「お前、僕が誰だかわかっているのか！」

ブルンとモップの先を回し、肩にしっかり担いだ小さな少女。じとっ、と軽蔑と呆れ返った瞳で次期当主候補の一人を睨む。

「あら、そこにいらしたのですか？　申し訳ありません。ちいとも、気がつきませんでし

たわ。オホホ……」

　こみなだった。その時小次郎は、彼女から凛とした気高い美しさを感じ取った。中庭に面した全面の硝子張りから差し込む光に、キラキラと赤茶色の髪が輝き、まるで悪の前に不意に現れた美しきヒロイン。いや漢《おとこ》だった。

「あ、有川こみな……。相変わらずだね、君は……」

「相変わらず？」

　どこかで会ったっけ？　そんな風に記憶を巡らせているミニマムメイド。人差し指を顎に当て、腕を組み、頬に手を当ててみて、出てきた答えは疑問符つきだった。

「昨日、お会いしましたっけ？　色々準備があって晩餐にも顔を出しませんでしたので」

「ち、違う！　ぼ、僕のこと、忘れたっていうのか！」

「えっと、次期当主候補の清彦様ですよね。存じ上げております。はじめまして」

　先程、間違いなくわざとモップをぶつけたとは思えぬ見事な作り笑顔を見せたこみな。

「は、はじめまして、だと。ふざけるな！　くっ、そうかい。まあ、いいだろ、すぐに僕のことを忘れられなくしてやるさ。クク、そうだ。まずはわびてもらおうか。この次期当主たる僕の顔に、汚い物を擦り付けたことをさ」

　むっとメイド少女は口を尖らせた。

「さっき、謝りましたけど……」

「あんなもの、謝ったうちに入るものか。僕は興を削がれた。そこの女の代わりに、お前のちっこいオッパイでも触らせてもらおうか」

「なっ、なんでそうなるの！　それに、ちっこいは余計だっての！」

清彦の顔がいやらしく欲望に歪む。両の掌を猥褻感たっぷりに広げクネクネと指先を動かしだした。舌なめずりするように、一歩一歩メイド少女に近付いていく。

「ふ、ふん、お前が悪いんだ。その生意気な態度、ちっとも変わらない」

「く……っ」

ギラついた瞳と劣情に満ちた指先が近付く。キッと相手を睨みながらも、微かな震えを見せたこみな。きりきりと胸が締め付けられる気分になった。どうしてもこのあと起こりえることが我慢できない。

その瞬間を覚悟したようにメイドはギュッと瞳を閉じて顔を背けた。

「やめろ！」

あと数センチ。他の男の手が彼女に触れるのを小次郎はどうしても許せなかった。

「こ、小次郎君。や、やあ、いたのかい」

「……小次郎……」

ほんの一瞬だけ、小さなメイドは嬉しそうな顔をした。とことこ早歩きで主人の横に移動する。

清彦に対峙する形で向き直る。今度は自分の番だと言わんばかりに一歩前に出た。

「こみなは俺の専属メイドだ。専属メイドは決められた主人のどのような命令も実行する代わりに特権が与えられる。それはたとえ西日雀の者からであろうと、付き従う主人以外の命令を聞く必要はないこと。そうだったよな」

部屋に一度戻った時に命ぜられた冊子の一部を読んでいたのが役に立った。

「そ、そうだったね。でも小次郎君。僕の受けた屈辱はどうなる？」

「そ、それは……」

この場をどうすれば丸く収めることができるのか。グッと奥歯を噛み締めて、考え付いたのは一つだけだった。

「言っただろ、こみなは俺のメイドだ。俺が……わびを入れる」

青年は膝と両手を床についた。辺りが静まって緊張感に溢れている。こんな奴にしたくてするわけがない。こみなが悪いとも自分が悪いとも思ってはいない。それでも、

「ちょ、ちょっとアンタ……やだ、やめて……」

少女の声は動揺して震えているようだった。

「黙っていろ！　……俺のメイドが失礼なことをした。すまない」

土下座なんてものは、いわゆる格好の一つでしかない。周りから小さなざわめきが聞こえたが、小次郎自身はそんな大層なことをしたつもりではなかった。

「ま、まあ、今日のところは許そうじゃないか。でも、覚えておいてくれたまえ。小次郎君、有川こみな、それに皆も。いずれ、僕がこの館の全て、そして西日雀グループの全てを手に入れる。当然、ここのメイド達だってな。いくぞ、夕貴」

ゆっくりと去っていく従兄弟の足音。それを聞きながら清々しさと嫌な気分が交差していた。清彦の暴走を止められた満足感と同時に、彼の発言に対する怒りが込み上げてくる。

(他人を自分の所有物のように自由にするだと？　それが西日雀の血族の務めなのか？　許されるのか？　だったら、俺は……)

立ち上がった途端、先程従兄弟からセクハラを受けていたメイドが近寄ってきた。心底申し訳なさそうな顔をしている。

「小次郎様、すみません、元はといえば私が……」

ぞろぞろとそこに居合わせた皆もやってきた。

「か、格好良かったですぅ、小次郎様」

「私、小次郎様を応援します。絶対にあんな奴に負けないでくださいね」

「あん、私も私もぉ、小次郎様、何でも言いつけてくださいね」

「おう、坊ちゃん、なかなかやりますね」

たった一つの行動で、その前の言動もあったのかもしれないが、これだけの人の信頼を得ることができるなんて。小次郎はちょっと照れくさそうに笑った。

「い、いやあ、大したことしたわけじゃないんだけど……、な、なあ、こみな……こみな？」

不穏なオーラが彼女を包んでいる。はしゃいだ声をあげていたメイド達も黙り込んだ。

俯いたまま前髪で瞳を隠し、無表情を纏うようにして彼女は自分の主人へと近付いていく。

パシッ！　小さな平手が小次郎の頬を叩いた。小さく煌めく物が目の前を飛んでいった気がした。

「いっ！　何する……」

「ふざけないで！　誰が土下座してって頼んだのよ！　ア、アンタに、あんなことしてもらったら、私……」

その小柄な体が震えているのを見たら、小次郎は何も言えなくなった。それ以上は無言のままこみなは食堂をあとにした。彼女の行動の持つ意味がまだよくわからない。

（あいつのプライドを傷つけたって、こと、なのか？）

ただ繊細だと感じた。気の強さに隠された、儚げで硝子細工のようなのに不透明な心が伝わってきた。

その夜、扉が二つ続けて開け閉めされる音で小次郎は目を覚ました。

（こみな……？）

昼間のこともあって無性に気になった。あれから部屋に戻ったこみなは主人に付き添う仕事をメインにするため、あの専属用のメイド服に着替えていた。その時からだろうか？　やたらと手首を気にしていた。それは主人を叩いてしまった罪悪感からなのか？　「気にしなくていい」と一言呟いてやることさえできないまま一日が終わり、それぞれのベッドに入り込んだのだ。

追いかけるように自室を出て階段から聞こえる微かな足音を頼りに一階まで下りる。誰もが眠りに陥った深夜。暗闇の中を本当に勘だけで食堂に辿り着いていた。

「ん……？　あ……」

床に這いつくばった小さな体。それが自分のメイドだと気付くのにそう時間はかからなかった。

（何、やっているんだ、あいつ……）

大きな紺色の瞳を細めて何かを必死で探しているように見える。焦りの混じったとても悲しそうな表情にキュッと胸が締め付けられるような気がした。

「ない……。ないよ。どうしよう……」

泣きそうな顔に近付いた。気配を感じ取ったのかハッとしたように少女はこちらを向く。バツが悪そうに視線を逸らし、唇噛み締めて黙り込んだ。

「何を……してるんだ？」

「ア、アンタには関係ない。放っておいて……」

「……探し物か？　えっと、手伝おうか？」

こちらを気にしながらもあえて無視するようにこみなは掌で床を撫でる作業を続ける。その姿を見ているとなぜだか無性に切なくなってきた。

腰を下ろして少女と同じ動作を青年は始めていた。

「……何してんのよ」

「お前には関係ないだろ」

ムスッとしたままメイドは立ち上がった。ギュッと拳を握り締め、一瞬じっと見つめられた気がしたが彼女は背を向けて歩き始める。

「今度はどこ行くんだよ」

「帰るの。眠くなったのよ」

突き放すような口調の中にどういうわけか優しさを感じてしまう。暗闇に消えていく小さくてか細くて儚げな背中を見て、小次郎は笑った。


「何時まで寝てんのよ。とっとと起きなさいってば」

強烈なエルボーが脇腹に決まった衝撃で彼は目覚めた。

「ぐお……っ、お、お前、ちょっとは美少女メイドらしい起こし方があるだろう」

「はん、何期待しちゃってるの？　寝起きから変態なのね」

反論する気力もない。窓から眩しい朝の日差しが入り込んではいたが、正直言えばまだかなり眠いのだ。

「もう少し寝かせてくれ」

何かを説明するにはまだ頭の回転は鈍すぎた。だから布団から腕だけ伸ばして、テーブルを指してやった。

「何よ。……え……っ！　これって！」

小さな丸テーブルに置かれた小さなクリスタル。こみなは震える指先でそれを摘む。それは昨晩彼女が帰ったあとに明け方になってようやく小次郎が見つけたものだった。

「それで……よかったのか？」

「何で……、何でこれが……。見つけて……くれたの？」

「わかったら、もう少しでいいから寝かせて……」

本気の眠気と照れくささに、掛布団を頭から被って横向きになる。こっそりと顔を出してみると、こみなは両手で大事そうにクリスタルを握り締めていた。その様子に微笑みながら、寝返りを打って反対側に体を向ける。

まどろみかけたその時、背後の方でベッドが沈み込んだ。ベッドの端に腰掛けられたようだ。背中に柔らかくて暖かなお尻の感触が当たり、朝立ちした肉棒に妙に心地良く感じてしまう。

「寝てていいから、少し、聞いてくれる？」

「……」

「いつもカフスの下につけているから気付いてないと思うけど、これブレスレットの装飾なの。仕事中にこういうの身に着けるの禁止だから、隠してた。それが、昨日の昼間のゴタゴタで飛んじゃったみたい。大事な物なんだ。アンタ、私のプロフィール見てるから知ってると思うけど、死んだ両親からの最後のプレゼント」

「なあ、探すのを諦めて先に帰ったのって……」

少し戸惑ったような間をおいて、彼女は恥ずかしそうに言った。

「な、なんか、そうしないとアンタもずっとあそこにいそうな気がして。……ごめんね」

初めて素直な彼女に触れられた気がした。

「好きでやってたことだ。自己満足だよ」

「それもだけど、昨日の昼間のこと……。叩いたりして……」

ベッドの中でクスリと笑っていた。

「ああ、もういい」

「うん……」

こみなは小次郎が起きるまでじっと座って待っていた。それ以上何も語らず、ただじっと。心地良いまどろみに青年は包まれていた。


小次郎がこの館にやってきてから一週間ほど過ぎたその夜、

「パーティ……ねえ」

慣れぬ行事に、はあ、と庶民な青年は溜め息をついた。

「別に、ただいればいいわよ。誰もアンタにホスト役が務まるとは思ってないし」

隣で専属メイド服を着たこみなもなんとなく居心地悪そうにしている。そして彼女のその意見はごもっともであった。

その夜、西日雀家敷地内にある迎賓館において次期当主候補を紹介するパーティが行われた。来賓名簿にはグループ内の重役の他に、経済界の大物がずらりと名を連ね、また芸能人やスポーツ界からも著名人が集まっている。総勢で百名を超え、この日ばかりは無駄に多いと思われたメイド達も大忙しである。

巨大で豪勢なシャンデリアが吊られるパーティ会場は、さながら欧州の王宮のようだった。きらびやかなドレスを纏った婦人に、タキシードスーツの紳士達。小次郎も初めて黒のタキシードに袖を通し、見た目だけは立派な御曹司である。あちこちで談笑がなされる中、のんびりしていられないメイド達を他所に、とりあえず隅の方でしばし物珍しい光景を観賞中だ。手には立食用の皿を持って、手当たり次第に料理を乗せている。

「よかったな、こみな。専属のお陰で、楽で」

「どこがよ！　何にも知らないアンタのフォローのために、一夜漬けで来賓全員の名前と顔を覚えさせられたんだから！　それなのに、この落差は何なのッ！」

遥か向こうに見える人だかりの中心に清彦が見える。生まれながらにしての本物のお坊ちゃまは、こういった華やかな世界にも慣れきっている様子で、白いタキシードはなるほどキザっぽいが、海千山千のご年配方に囲まれてもまったく物怖じする様子がない。もともと外面もよく、次期当主候補として注目度でも小次郎を圧倒している彼には、積極的に声をかけていく者があとを絶たなかった。

応援してくれているメイド達だっている。それなのにこの体たらく。

「いつまで、ボーと立ってる気。……はあ、ちょっと待ってなさい。今ワインかビール持ってくるから、それを注いで回るの」

「こみな……」

「べ、別にアンタのこと心配しているわけじゃないから。ほ、ほら、せっかく覚えたのに、無駄になっちゃうじゃない。いい、しっかりやるのよ」

怒っているのか照れているのかよくわからない顔をしたまま、彼女はアルコールの置かれたテーブルに向かった。メイドというより、世話女房といった感じがして、こちらの方が妙に照れくさい。だがあの丘の上や食堂での一件、今のことにしても彼女は誰かのために動いている。ひょっとしたら誰よりも献身的で、つくすことに長けたある意味最もメイドとしての才能を持った女の子なのかもしれなかった。

(それなのに、何でいっつも不機嫌そうなんだ？　少しは、仲良くなれたけど。……やっぱり、あんなことしなくちゃいけないっていうのが……)

悩める青年は自分がどうするべきなのか答えが出せないでいた。その間に二度、どうしても我慢できなくなって、こみなに奉仕を命じてしまった。もちろん性的意味合いのものだ。あの愛らしい可憐な顔で、挨拶のたびに、可愛らしくも牝の性感部であると主張するようにツンと起った乳首を見せ付けられたら邪《よこしま》な思いを抱かずにはいられない。

ただ食堂での一件以来、彼女から少しは険がなくなったとは思う。笑顔も少しは見せてくれている。もっともそれは小馬鹿にするようなものが多かったが。

それでも奉仕の時だけは淡々としていた。だんだんと事務的になってきているようにも思え、それは奉仕の時にはわざと感情を殺しているかのようだった。

「いやあ、小次郎君、こんなところにいたのかい」

聞き覚えのある妙に甲高い若い男の声。どんよりした気分に突き落とされて、振り返るのも憚ってしまう。げんなりした顔を見せていた。

「うああ、清彦……」

後ろに栗色の髪をした美麗の専属メイド夕貴を従えている。彼女は少し寂しげにも思える笑みを浮かべ、軽くこちらに会釈した。その手前には満面の笑顔だ。

「いやあ、参っちゃうよね。次から次へと話しかけられちゃって。これじゃあ、食事をとる暇もない。小次郎くんも……、おや、随分と……」

ライバルの手にした皿を見た清彦が嫌味な笑いを浮かべた。小さい頃からそうだった。こいつはどんな時でも自分の優位性を示したくてしょうがない。だからといって特別避けていたわけではないが、同い年の従兄弟と同じ館に住んでいながらほとんど一緒に過ごしたことはなかった。

「いやあ、僕としたことが、ついつい同じ感覚で喋ってしまった。あはは、うごっ！」

小さな靴底が勢いよく従兄弟の足先に叩きつけられた。

「あらやだ？　何か踏んだかしら？　小さすぎて気付かなかったわ。器が。オーホホ」

こんなことができるのは一人しかいない。テーブルから戻ったこみなは何事もなかったようにビール瓶を彼女の主人に差し出した。

「はいこれ。じゃあ、一緒に、注いで回りましょ」

「あ、ああ……」

足元を押さえて蹲る従兄弟を尻目に歩き始めたその時だった。

「あ、有川ぁ……っ、ちょっと待てよ、小次郎君」

普段澄ました顔をしている男が怒りを露にしていた。ずがずがと立ちはだかると同時に彼は取り繕った態度をみせる。あからさまに不快な表情を小次郎の隣のメイドは示した。

「そんなことをするより、これから僕達で力の見せあいをしないか。今日は僕達、次期当主候補お披露目のパーティだ。当然のことながら、その力をご来賓の方々に見ていただく必要があるのさ」

「力？」

「支配力だよ。君も聞いただろ、自分のメイドをどれほど支配できるかを競わせ、それで次期当主を決定するって」

ニヤリ笑う従兄弟のずっと向こう側にいた実篤が視界に入った。『主人とメイドの関係を見るのに、肉体が接触する場面ほどよくわかる』確かに彼はそう言っていた。ハッと気付かされる。

「ちょ、ちょっと待て。見ていただくって……」

「そこの壇上があるだろ。あそこで、自分のメイドがどれほど忠誠を誓っているかを見てもらうのさ。方法は……わかるだろ。何のために彼女達が専属用を着ていると思うんだい」

小次郎は忌まわしいその場所を睨みつけたあと、自分のメイドに振り返った。こみなは俯いたままだった。何も考えないように、あるいは気持ちを落ち着かせようとするように、じっと黙っていた。

大人の背の高さほどの壇上はちょうど八畳くらいはあるだろうか。会場全体を見渡せるせいもあって、嫌でもどれほど大勢の人間が観衆となっているか知らされる。こんなに怖気を感じる緊張は初めてだった。

森田夕貴は、彼女の主人の命に従って、胸元の生地をグッと下ろして美乳をこの淀んだ空気の中に晒していた。たぷんと柔らかな脂質の詰まった豊乳がお披露目されたその瞬間、どよめきの中に卑猥な賞賛が湧き起こったが、彼女は微かに切れ長の瞳を細めただけで黙って次の命令を待つ。小次郎はその美麗のメイドに対する男としての興味を堪えた。

（何なんだ、ここの連中は……）

狂った世界だ。さすがに社会的に地位も名誉もある者達だけあって、あからさまに齧り付いてくる輩はいないが、こんな馬鹿げた嗜好に誰一人として疑問すら感じていないように見えた。恥ずかしい姿を晒したメイドにじっとり視線を纏わりつかせ、それは時折期待を込めてもう一人の壇上のメイドへも注がれている。

「さあ、夕貴、お前の男を気持ちよくさせるテクニックを皆様に見てもらうんだ。まずは口とそのいやらしいオッパイで僕を悦ばせろ」

「はい、清彦様」

自分のマスターの前で栗毛のメイドは膝をつく。白いタキシードのズボンから、手馴れた様子で半立ち状態の肉棒を取り出し、たわわな乳房の谷間にそれを包み込むのだ。

（ほ、本当に、やるのか）

自身で美乳を掴み寄せる夕貴。繊細そうな指先が乳肉に沈み込み、男の腰の高さに合わせてグッと上げられた。その心地良さそうな肉峰の谷間から硬直の変化を見せだした男根の先端が現れ、彼女は赤々としたその先端を眉を寄せることもなく見つめている。円柱状に突起した桜色の乳首は男の鼠蹊部に当たり、ズリ刺激を与えて何度も擦り付けられる。

「そうだ、いいぞ夕貴。お客様に喜んでいただけるように、いやらしい音を立ててしゃぶりつくせ」

光沢がある薄紅の唇が開かれる。唾液を糸引くほどに溢れさせていて、しっぽりと亀頭を含んだ瞬間に、ぬちょ、と響く。肩にかかる髪がふわふわと揺れるたびに、ぢゅぽぢゅぽと奏でられ、漏れ出る涎がすぐさま乳房を濡らし淫猥な染みを広げていった。

（あの夕貴が……、わかってはいたけど……）

たまにではあるが、従兄弟に付き従う彼女を見かけることがある。普段の夕貴は物静かで、こみなや涼子と同じ露出の高い専属用のメイド服を着ていても清潔感のある女の子といった印象だった。その彼女が百人を超す観衆の前で男の汚らしい肉棒をその美乳で愛撫し、濡れた唇で含んで、くちゅくちゅ、淫乱に顔を振り動かしている。その猥褻な音に引き寄せられ、つい横目で確認してしまうと、理性の届かない下半身は本能に任せて反応を起こしてしまう。

「どうしたんだい、小次郎君。君も早く自分のメイドに命令したらどうだい。ほら、お客様が皆期待して待っているじゃないか」

清彦が言ったように、来賓の何割かは劣情の篭った瞳でこみなを注視していた。そのどんよりとした空間にあって一矢刺すような鋭い視線が感じられる。現当主実篤のものだった。小次郎を見ている。怒りや苛立ちとは違う何か。圧せられる静かな迫力に心が一歩後退しかけた。だがこんな狂態を許している彼に負けたくはない。隣にいた自分のメイドの腕を掴んだ。

「こみな、こんな仕来りに従う必要はない。降りるぞ」

強く引いたか細い腕はついてはこなかった。

「こみな！」

「……命令、しなさいよ。私……できるから……」

蒼白としている顔を見せまいと俯いている少女。気の強い言葉遣いも微かに震えていた。

「でも」

「しなさい、小次郎！」

譲らない決意を込めた叫びだった。透き通る彼女の声は辺りにも響いたようで異様なざわつきが起こった。

「ごめん、呼び捨てにして……。早くして、お客様が変に思ってる」

一度だけ顔を上げたメイドの眼差しは、何かに立ち向かうようでもあり、また誰かのために行動を起こす時の譲らない心を秘めたものだった。力弱く、でもしっかりと彼女は腕を振り払うようにする。

「……わかった。いつものように……してくれ」

「はい……」

カチューシャで飾られた紅榴石のように煌めく頭部がすぐに眼下に下りた。自分の腰の前で僅かに震えているようにも見えて切なくなる。だが小次郎の牡は既に臨戦態勢を整えていて、彼女のあどけなさの残った顔の前で確かな膨らみを現していた。すぐ傍では、ぬちゃくちゃと湿り滑る猥音を奏でる夕貴の濡れた唇と乳房があって、欲望渦巻く下卑た空間が嫌悪の心に反して興奮を高めてしまう。

人形のような小柄なメイドは膝をついた姿勢のままで、しばらく呼吸を整える。その間にも来賓らの視線は、いよいよ始まるかといった期待に満ちて、こちら側に集中していた。おそらく周りを見ないようにと意識していた少女にもそれははっきりと感じられて、呼吸の乱れと共に大きく肩が上下に揺れ始める。

「本当に、大丈夫か？」

「へ、平気って言ったでしょ。ちゃんと、やるから……」

黒いタキシードのズボンのベルトに愛らしい指先がかかる。悴《かじか》んだように震え、ガチャガチャとベルトの金具を鳴らしはしても、いつものように上手く外せない。元より白い素肌にあって、彼女の顔面からは血の気が完全に引いている。無理に笑顔を繕おうとしているように口元が引き攣っていた。

「あれ、へ、変だ。やだ、こ、こんな……、どうして……」

囁く声が聞こえてくる。随分と若いメイドじゃないか。綺麗な顔立ちだな。あんな調子で男を満足させられるのか。いやいや、かえって背徳的じゃないか。あの可愛らしい唇で、これからおしゃぶりするのだろ。あの小柄な体で男の腰の上で跳ね回っているのかな。財産目当てで孕ませてもらおうっていうメイドだっているそうじゃないか。あのメイドだって、可愛い顔してどんな風に誘惑していることか。

下劣な想像に起因する無責任な言葉がぐるぐると回っている。風景も彼らの顔も全て歪んで見えて、悪意ある映像を広角レンズで見せられているようだった。

「はぁ、はぁ、も、もうちょっと……」

「やっぱり、やめよう。もういい、こみな」

ベルトをきつく握り締めたままこみなの指の動きが止まった。紫色に変色した唇が極寒に放り込まれたようにガクガク震えている。

「こみ……な……」

どう声をかけるか戸惑うほど心配になった。ミニ丈から覗けるむっちりとした健康的な太股も病的な白さに変わっていて、それがギュッと閉じられる。

「う……うぅ……」

泣きそうな呻きに堪らず小次郎は、震え続ける専属メイドの手を握る。その瞬間、ブルっと大きく彼女の体が痙攣した。

「あう……っ！　あ、いや、うっ、うう……」

指先の震えは止まった。代わりにギュッとベルトが握り締められ、がっくりと項垂れている。ざわめくような声がいくつも聞こえてきた。辺りの空気が一変し、にやけた視線がメイドのフワリと広がった裾の下へと注がれていた。

「こみな……？　あ……」

水溜まりが彼女の腰の下から広がってきた。膝をついたニーソックスも濡らし、小次郎の革靴に到達してくる。生暖かで微かなアンモニア臭が漂い、すぐにそれが何かわかった。

(緊張して……、お漏らし、したのか！)

檀下を薄ら笑いが囲っている。クスクスと笑い声が聞こえ、こみなは尻餅をついてしまった。今この事態に気付いていないのは、隣で奉仕に酔っている清彦と命令に忠実な彼のメイドだけだ。

「こみな、立て！　もういい。行くぞ！」

このまま自分のメイドを晒し者にはできない。高まり続けた緊張と強い羞恥が彼女を失禁させてしまった。小水はパニエの内にある下着をぐっしょりと濡らし、生暖かく太股を伝っているのがミニ丈の下に見える。ニーソックスの脚内側が透けて変色し、我慢してい

たのか大量に漏らしてしまったのだとわかった。

こみなはぐっと顎を引いたまま顔を上げられない。小次郎が上着を彼女にかけると、今度は黙って手に引かれ、二人は壇上を下りた。ざわめくままの会場を抜け出すために、足早に一路出口を目指したその時だった。

「どこへ行くというのだ、小次郎」

逸る青年の足を止められるのは実篤しかいない。威圧するような瞳でこちらを見据え、確固たる姿勢を崩さない。

「くっ……。こんな場所にこみなを置いておけません。部屋に戻ります」

「お前はメイド一人のために、ご来賓の方々をないがしろにするつもりか。こみなは一人で着替えに戻すがいい。ホストとしての役目を果たせ」

「ですが、今のこみなを放っては……」

甲高く少女の声が響いた。

「もういい！」

グッと引き寄せる手を振り払おうとするこみな。

「……放して……ください。一人で、行けますから」

「だけど……」

「放してって、言ってるでしょ！　……お願い、一人にさせて」

それまで視線を合わせようとしなかった彼女が振り返った。きつく睨みつけてくる。その濃紺色の瞳に涙をいっぱいに溜め込んで、ぽろぽろと大粒に零れさせていく。

「こみな……」

青年から握る力が抜けて、小さな手がすり抜けていく。とても大切な物が掌から零れ落ちていったような気持ち。走り去っていく少女を見ながら、なぜかもう会えなくなってしまうような切なさが込み上げてきた。


こみなが迎賓館をあとにしてから一時間が過ぎた。

（くそ、いったいなんだってんだこの館は……）

ただ来賓に愛想笑いを振り撒いただけのホストの役割。自分のメイドを気がかりにしながらも、伯父とこの家の呪縛から逃れられない自分に苛立った。何人かの客が帰り始めた頃、機を見て小次郎は会場を早々と抜け出した。自分の部屋にあるメイドの小部屋に彼女はきっといるのだろう。焦っていた。どうしても放ってはおけなかった。

息を切らしてやっと邸宅の三階を上りきった。階段がこんなに長く感じたのはきっと初めてだ。ほのかなランプの灯りだけが照らす暗い廊下を歩いていく。騒がしかったパーティ会場と比べてあまりにも静かに感じ、彼女のために心を落ち着かせるにはちょうどよかった。

「ん……？」

自分の部屋の前に誰かが立っていた。こみなよりもずっと背が高く女性らしい丸みの隆起が目立つスタイル。切れ長の優しそうな瞳がゆっくりと流れ青年に向いてきた。

「涼子さん、どうしてここに……？」

常に実篤に付き添っている彼女は、そういえばこみながいなくなってからは迎賓館でも見かけなかった。露出の少ない通常のメイド服を着ていることは、主人である伯父が傍にいないことを示していた。

「お待ちしておりました、小次郎様。少し私に付き合っていただけませんか」

「悪いが、今はそれどころじゃないんだ。そこをどいてくれないか、涼子さん」

瞳を閉じて、彼女は顔を横に振った。

「こみなは一人にして欲しいと言ったのです。私は彼女のことを妹のように可愛がっております。たとえ小次郎様でも、今ここを通すわけにはまいりません」

優しげで落ち着いた声にも頑とした意志が込められている。

「そこは俺の部屋だ。通してくれっ」

努めて冷静な声を作ってはいたが、焦りで言葉尻が荒くなった。しかし涼子は毅然と言い放ってくる。

「なりません。今のこみなが小次郎様に会うのがどんなに辛いかお考えください」

「でも、俺は……」

言葉を飲み込んだ。今会いたいのは自分だけなのだと気付いて、我が儘なエゴイズムを抑え込んだ。

「……、わかった。で、用って……？」

年上の美麗な女性はようやく微笑を見せた。

「こちらに、来ていただけますか」

案内されたのは三階の一番端の部屋。そこは三人の西日雀の血脈の誰の部屋とも離れている。普段はまったく使われることのない場所で、その前を通ったことすらなかった。

「こちらでございます」

鍵はかけられていないようで、涼子がドアノブを回しただけで扉は開かれる。先に入った彼女に続いていくとそこは簡素な部屋だった。家具はベッドが一つだけで、真新しいシーツが張られている。天井と壁にいくつかの取っ手のようなものがあったが、それ以上余分な物は一切ない。そして、数人のメイドが並んで待っていた。全員、待ってましたとばかりにフフフと笑う。

「い、いったい、何が始まるっていうんだ？」

嫌な緊張感を覚えた直後、カチ……ッ、背後で鍵のかけられる音がした。

「いっ！　ちょっと、何を……。まさか、こみなを泣かせた罪で、お仕置きとか……」

「まあ、さすが小次郎様。勘が鋭くていらっしゃる」

ニッコリと素敵な笑顔を見せる伯父のメイド。小次郎の背中に冷たいものが走った。

「ちょ、ちょっと待って……」

「じゃあ皆さん、始めてください」

薄暗がりの中でメイド達の瞳が光ったように見えた。全員ニッと白い歯を見せ、その手にロープを携えている。

いくら女の子ばかりといっても、多勢に無勢とはこのことか。本気で殴るわけにもいかず強く抵抗できない。どこまで脱がすことを訓練されてきたのか、あっと言う間にタキシードを脱がされ、下着姿でベッドに放り投げられる。すぐさま両手、両足首に縄がかけられ大の字でマットレスの上に固定されてしまった。

「あ、あの……何の、つもりですか、これ……」

ニコニコ微笑んで、黒髪の年上メイドは仰向けになった小次郎の顔を覗き込んでくる。

「ああん、素敵な姿ですわ、小次郎様。タキシード姿より何倍、いえ何十倍も！」

「ほ、褒められてるのか？　て、照れていいのか？　うわっ」

優しげでいながら色めいた大人っぽい顔がかなり近くに寄ってくる。澄んだ黒い瞳やしっとりとした唇が瞳に飛び込んで、長い黒髪から流れる女性の香りにどぎまぎしてしまう。

「こんなことして、私のこと、お嫌いになりまして？」

「それは、別に……。涼子さんこそ、こみなを泣かせた俺のこと、怒って……」

「いいえ、私は、小次郎様のことが好きです」

「え……っ」

潤んだ切れ長の瞳がさらに近寄って、ドキドキと心臓が鳴った。

「好きだからこそ、こうして困らせてみたいのです。そして、そこに女として、いやらしい牝の一匹として性欲が絡むと、無理やりにでも欲しくなってしまう……ん」

　妖艶な顔がさらに近付き、接触した。湿った柔らかな唇が自分のそれを覆っている。優しく圧され、啄《つい》ばむように口肉が蠢いた。突然のことに顔を背けられず、だがきっと事前に知らされていても拒めなかった。艶やかな長い髪が自分の額と胸元に流れ、さわさわ触れて心地良い。

「ん、あふ……ぅん……」

　重ね合った唇が微かに開く。ぬるっと唾液に塗れた舌先が歯間の僅かな隙間を押してきた。入り込みたい。そんな意思を感じて許してしまう。ぬちょ、と柔らかく生暖かな舌粘膜の感触が口内に広がった。

「あ、あぅ……んっ……いい、ですわ……」

　ゆっくりと口の中を舐め回されている。口蓋を弄られ、舌裏が小次郎のベロに当たる。波打つようにのたうって、そこから舌全体を回された。どうしてもこちらから求めたくなってしまう。ぬちゅ、ぺちょ、と絡ませあって、とうとう自分から彼女の唇の向こう側に進攻してしまった。

（ああ、涼子さんの、舌が、こんなにいやらしく、ぬちょぬちょして……）

　ぬるぬると唾液で滑る。舌を互いの口内に挿入しあう結合で、淫猥な気分がどんどん高まってしまう。ぢゅぶぢゅぶ、と舌先が行き来して溢れてくる二人の唾液が混ざりあう。

（や、やばいよ……パンパンに張ってしまうのが、皆に……わかってしまう）

もともと反応の早い自分の分身が起ってきてしまう。立ったまま黙って見ているメイド達がいることが一瞬頭を過ったがもう遅い。むくむくとボクサーパンツを膨らませ、奮い立つ牡を見せ付けてしまっていた。

「っ、ふうっ、はあ……」

唇を離し、それでも舌先を擦り合わせながら、唾液の糸を引かせてようやく終える。頬の赤らんだ彼女の顔を見た瞬間に、さっと顔を背けてしまった。

「こんな、こんなこと、どうして、こんな……」

「したかった、ではいけませんか、小次郎様」

悪戯っぽく笑った年上の女性の瞳は優しげであり、また火のついた牝の潤みを湛らせていた。

「ふふ、小次郎様、もうこんなに大きくなってらっしゃいますわ」

涼子の体が小次郎の下半身の方へと流れた。仰向けに寝かされた彼のその一部だけが目立って膨張を見せている。

「そ、それは……」

どうもこうも言い訳のしようがない。伯父のメイドとキスしただけで興奮し、種付けの準備をしてしまったのだ。

「あの可愛いらしい子供が、こんなにいやらしい大人になってしまったのですわね」

困ったものだと言いたげに溜め息を漏らす涼子。クスクスと他のメイド達の笑い声が漏れた。

「し、仕方がないでしょ、あんな風に、されたら……」

自分の顔が熱くなっているのがわかる。美しい涼子の顔が股間に近付き、じっとそこを見つめているのも恥ずかしさの原因の一つであった。

「では、どんな風になってしまったか、確かめさせていただきますわ」

「えっ！　あ、ちょっと……」

ボクサーパンツをそのしなやかな指に掴まえられたかと思うと、グイッと一気にズリ下げられた。

「まあ……」

きゃあきゃあ、と他のメイド達からも小さく歓声が漏れる。肉棒は既に硬直しきって先端の赤黒い部分がパンパンに腫れ上がっていた。汗ばんだ男の香りを濃厚に放ち、鈴口からじわりと先走りを滲ませていた。

「ああ、凄い……。あんなに小さかったのに、今ではこんなに立派になっていたなんて……。大きくて、なんていやらしい形をしているの。どんな風に鍛えたら、こんなドスケベなチンポができあがるのかしら」

ひそひそと辺りからも声が漏れ聞こえてくる。

「うわぁ、エッチなオチンチン」

「小次郎様、あんな物をこみなにしゃぶらせていたの」

「いやぁん、あんなの飲み込めない」

「こみちゃんの唇って小さいよね。やっぱり、無理やり……。小次郎様って変態」

心にグサグサ突き刺さる。

（な、泣きたい……）

だが羞恥にも肉棒はビクンと跳ねるほどに膨張し続けようとしていた。

「ふふ、恥ずかしいですか、小次郎様。でも気持ちいいのではありませんか？」

「気持ちいいなんて、そんな馬鹿な……」

否定の言葉尻は霞んでしまう。涼子の言葉にドキリと心が震えていた。

「小次郎様のチンポは正直ですわ。わかりますもの。私も一緒。恥ずかしいから感じてしまう。誰にでも少しはある気持ち。特に性的なものであれば、なおさら。ほら、そこのメイド達だって同じ。そして、こみなだって……」

刹那、涼子は真剣な眼差しを向けてきた。何かを伝えたがっている。そんな想いを感じて強張っていた体を解《ほぐ》した。

「あはあん、本当にいやらしいチンポですわ。思わず奉仕してしまいたくなります。でも、今は私が奉仕されるのですわぁ。貴方には知っていただかなくてはなりませんので」

メイドは妖艶に笑うと小次郎の寝かされたベッドに上ってくる。マットレスが不安定に揺れて、ゆっくりバランスをとりながら、彼女は若い青年の顔の位置から背を向けた。そのまま数歩後退する。膝上まであるメイド服の裾が捲り上げられ、そこから伸びた脚が男の両脇を挟み込むと、彼の頭上にむっちりと脂肪の乗った太股があった。

ゴクリ、喉が鳴った。ムンとした女がすぐそこに迫っている。心地良い息苦しさを感じながら、向こう側に息づいた濃厚な牝を思い描いてしまう。恥ずかしさに顔を背けた。

「見たくはございませんか？」

「それは……」

言葉に迷った。見たくないはずなどなかった。だが正直に答えるのも勇気がいったし、嘘をついては女の誇りを汚すようにも思える。

「私は、小次郎様に見ていただきたいのです。それはとても恥ずかしいこと。でもそれ以上に気持ちよくして欲しい」

股を開かせながらゆっくりと涼子は腰を下ろしてくる。さらにペチコートごと裾がズレ上がり、豊満に肉付いたお尻の双球が見えてきた。本能に任せて顔を戻して、最も興味ある部分に視線を送ってしまう。白く艶やかな二つの尻肉の重なる奥から覗けてきた。

「あ、ああ……っ！」

誰よりも色香に溢れたメイドは下着を穿いていなかった。薄暗がりのせいで近付くまで気がつかなかったが、腰が下げられてくると柔らかそうな尻肉が左右に割れて、はっきりと中心の肛門が確認できる。窄んだ皺目が微かに盛り上がり、期待を表すようにヒクついて、それはただの排泄器官ではなく淫らな恥部として青年の瞳に映った。

「さあ、この涼子の一番汚くて淫らな部分をご確認くださいませ」

後方に腰が移動すると濃厚な牝粘膜の香りが鼻腔に入り込む。汗ばんだ湿気が降りてきて、熱気と淫猥さが膨れ上がった。そこは既にぐちょぐちょの泥濘《でいねい》だった。ぱっくりと外側の陰唇が口を開き、そこから蕩けた微肉が食《は》み出している。

(な、なんて、ドスケべな、オ、オマ◯コ……)

漆黒の恥毛が淫蜜に濡れ絡まり、べっとり肉土手から陰裂に張り付いていた。何百、いや何千回かもしれないが、無数に男を受け入れ悦ばせてきた猥褻な牝部は、フェロモンを滲ませる彼女の中にあって、最も濃厚な淫気を放っている。

幼い頃、この人と一緒にお風呂に入ったり、一緒のベッドで眠ったりしたことがあると思うとドキドキしてしまうが、今はもっと凄いことをされようとしている。

「はぁ、涼子のオマ◯コ、とっても臭いますでしょ?」

蜜と秘粘膜の淫猥な匂いに混じり込むアンモニアと汗の蒸れたような芳香は、男の肉棒を直撃するような強烈な刺激だった。これがあの美麗な女性から放たれていると思うと、余計にいやらしく感じて性的興奮を膨れ上がらせる。

美しく赤いマニキュアの塗られたしなやかな彼女の指が、熱く蒸れた股間に流れた。自身の淫蜜に、ぐちゅ、それは早くも塗れ、二本がしっとりと合わせあった秘貝を押し広げていく。

「ああ……っ」

グショグショに濡れた奥粘膜が現れ、肉の壷がヒクヒクと呼吸するように蠢いている。

溜まっていた淫蜜が糸引く粘質で、とろり、滴り落ちていった。

（ああ、こんなぐちょぐちょの淫猥なオマ○コを味わいたい。いけない気持ちじゃないだろ？　だって涼子さんも、見つめられて悦んでいる）

ギラついた瞳で凝視していた。それを彼女が気持ちいいと感じるならとことん変態にだってなってても構わないと思ってしまう。牝肉の熱気に当てられて、青年の体も微熱を帯びたように逆上《のぼ》せていく。

「では小次郎様。私のこのいやらしい蜜と汗とおしっこで汚した、とっても臭いオマ○コを舐めていただけますか？　この涼子のことを少しでも哀れんで気持ちよくさせてあげたいと思っていただけるなら、どうか……」

迷うことなどなかった。ぬちゃぬちゃと濡れた肉ビラの柔らかそうな感触をどうしても唇と舌で確かめたい。もっと淫蜜を味わいつくし、この顔をその牝臭に塗れさせ、そして彼女を感じさせたくなる。

「あ、ああ……味わい、たい……」

ここから彼女の顔は見えないけれど、きっと微笑んでくれたのだと思う。

「嬉しいですわ」

そんな悦びと恥じらいを含んだような声だった。

ゆっくりとまるで焦らすように涼子のお尻が小次郎の顔面に向かって降りてくる。ぬらぬらした猥褻な牝肉が眼前に広がるように迫り、一層濃厚な陰臭が降り注いだ。いやらしい臭気を鼻腔いっぱいに吸い込み、豊潤な芳しさを堪能する。

「りょ、涼子さん……」

ぴちょ、舌先が淫靡に歪んだ肉ビラの縁を微かに舐めた。

「あはぁ……っ」

僅かに涼子のお尻が震える。舌先に淫蜜のぬるぬるした感触が広がって、酸味ある味わいが奥に流れてきた。

「ああ、涼子は幸せですわ。小次郎様がこんなに頑張って下劣な私を感じさせようとしてくださるなんて……、あ、はぁあ……」

小次郎は、舐《ねぶ》らせてもらえる、のだと歓喜に似たものを感じていた。

首と舌を伸ばしても、淫靡に食み出した小陰唇をまだ掠める程度。主導権は完全に彼女にあった。それなのにちっとも不快ではなく、むしろ快感に近い。

(涼子さんの……こんなに、美味しい……。も、もっと……)

舌先から雪崩れ込んでくるぬちゃぬちゃした柔らかな牝粘膜からの刺激が、眼前に広がる悦楽の泥濘が不思議な気分を湧き起こさせる。

(この女性を、こんなにあそこをぐしょ濡れにして待っているこの女性を、気持ちよくしてあげたい)

陰涎を滴らせてとろとろに熱くなっている牝肉がより迫ってくる。顔面は完全に涼子の下腹部に覆いつくされ、奉仕を欲する卑肉は興奮にとろりと淫蜜を鼻先に垂らしてきた。

「ふぁ……、ぁあ、小次郎様の息が涼子の一番淫らな場所に当たってきますわ。さ、さぁあ、どうか御舌をお与えくださいい」

ぬちゅ！　男の舌ベロがくねり、肉貝から食み出した花弁を舐め散らす。

「あぅ……っ、はぁ、ダメっ、くりくりしちゃっ、っん、ぷはぁ」

ぺちょ、ぬちゅ、ぬちゅぅ……。柔らかな肉ビラをぷにぷにと舌先で押していく。ぬるぬると粘膜が滑って横に流れた。さらにいやらしく響かせ、小と大の陰唇の谷間を舌で削ぐ。唾液の臭いが混ぜ込まれ、さらにド助平な芳香を放つ涼子の牝本体。プルプル彼女のお尻が震え、

「ぁはあ、はぁはぁ、御舌が、はああ、もっと、そこをペロペロしてぇ……っ」

太股の汗ばみが増していく。涼子の興奮と快楽の入り混じった艶やかな喘ぎが暗い室内に響くと、淫靡な行為をしているのだと強烈に感じさせられた。

「ぅふあぁ……っ、し、痺れますわぁ、はぁ、はぁ……」

悦びに微かな震えを牝尻が見せる。気をよくしてしまい舌をくねり暴れさせた。そこから前に叩きつけ、

（クリトリス、こ、こんなに勃起、してる……）

包皮から顔を出した真珠色の肉芽を責め立てる。

「ぁはう、あん……そ、そこ、素敵……、も、もっとお豆、突いてぇっ」

腰が緩やかな蠢きを見せ、欲しい欲しいとせがんでくる。快楽の証を示して伸長するク

リトリスを、唾液を塗《まぶ》すように転がすことで、女から甘い呻きを漏れさせるのだ。

「あは、あぁん、はぁ、はぁあ、小次郎様のペロペロ、ツンツン、と、とっても、いやらしくて、あ、ああっ、き、気持ちいひぃ……」

相手の快感が伝わって愛撫するこの身もまた心地いい。

(こんなに、感じてくれている。それが……こんなに気持ちいい)

女体への征服欲や感じさせたことへの自己満足とはどうも違っていた。しいて言えば求められたことに対する成果を言葉と肉体で表現されて嬉しくなっている精神的な快楽だ。

「うわあ、なんて淫らな舌の動き」

「あ、あんな風に舐められたら、ああん、やだあ……」

「はあ、見て、涼子さんも、なんて気持ちよさそう」

この部屋全体が秘め事の臭気に満たされていく。触発された若い牝達はモゾモゾと股内を擦り合わせ、声も艶帯びているようだった。

「はぁ、はぁ、はぁ……うふ、小次郎様の、オチンポの先から、はあ、はあ、あ、はぁん、助平な御汁がいっぱい漏れていますわ、ふふ……」

涼子の熱っぽい視線を肉棒に感じる。鈴口から先走りの淫水を漏らして、先端に溜まったそれがとろりと男の腹部へと垂れていた。周りからゴクリと喉を鳴らすような音が聞こえ、自分の興奮しきった真実を皆に見られているのだと意識させられる。

「そ、そんな風に言われると……」

女の下腹部が僅かに浮いて、唾液の混じったねっとりとした淫蜜の糸がいくつも男の顔面に引かれる。体の向きを反対側に変え、濡れた顔を覗き込まれた。

「ぁふ、はぁ……、恥ずかしい、ですか？　んふふ、こんなに嬉しそうに私のオマ○コを舐めておいて……」

「そ、それは……」

涼子の顔は高揚して頬は桜色に染まっていた。切れ長の瞳にとろんと瞼が下りて、だが眼差しは真っ直ぐにこちらを見つめている。

（こんなエッチなオマ○コ見せ付けられて、こんなにグチョグチョ濡らされたら……。でも、恥ずかしくたって、貴女が気持ちよくなるのが、嬉しいんだ）

年上のメイドは一瞬だけ微笑んだ。だがそれは再び大きく眼前に迫った彼女の熱篭った股間に塞がれて見えなくなる。

「ふふっ、いやらしい臭いをプンプンさせてるオマ○コを舐めさせられて悦んでいる変態ですもの。もう遠慮はいたしませんわ。さあ、小次郎様のお顔をぐしょぐしょにして差し上げますわ」

「ん、っ涼ぼぉっ……んふぅーっ！」

ぐちゅ、ぢゅぶぢゅぶ、窒息するほどに淫蜜に濡れきった牝自身が押し付けられた。一層濃くなった女臭が鼻腔に入り込む。熱く蕩けた微肉が鼻筋を包み込み、そこから頬にかけて牝汁が滴っていった。

「あはぁ、なんて、気持ちのいい、お顔……。うっ、はあっ、はぁはぁ、今日の涼子は、とってても感じやすくて、はあああ、い、いけないメイドですわぁ……っ」

彼女のお尻が大きくズレ動きだす。逃れるためではなく、より強い刺激を求めて若き青年の顔面に涼子の豊満な体重が乗っていった。

「うぐっ！　うう……っ」

鼻と唇が女の陰部に塞がれて心地良い息苦しさを覚えた。そう気持ちいいのだ。苦しみさえ、それがドスケベな女陰によって与えられているという事実で快感に変えられてしまった。垂れ流される牝汁が鼻腔を侵食して唇も滑らせてくる。グリグリと牝本体に圧され呼吸が儘ならなくなってしまい、彼は身悶えて顔面を振り動かした。

「ぅはぁっ、き、気持ちい、いいいっ！　そ、そこが、いいです、わっ！　小次郎様のお顔ぉ！　気持ちいいぃ！」

ぐにゅっ！　ぶぷっ！　酸素を欲して喘ぎ、はぁはぁ、と熱い息を彼女の牝粘膜に吹きかける。ほぼ同時に今度は甘い臭気を吸い込んでトランス状態に陥るような気分になった。

（りょ、涼子さんの、うわぁ、ああ、あそこ……、匂いが直接、顔が塞がれ、くっ、苦し……っ、はあ、ベトベト、にゅるにゅるして、き、気持ち、いい……）

これ以上膨らみようのない肉棒が興奮を示し足りないと訴えて、まだまだ大きくなろうとピクンピクンと脈動を繰り返す。夢精に似た快感を覚えながら、だらだら先走る淫水が漏れ続けた。

「むぐ、ふうふう、うぐぅううう！」

ぷぎゅぅ！　ぬちゅっ、ぐちゅぐちゅ！　挟み込んでくる肉ビラを鼻と唇で歪め広げる。淫蜜は止めどなく流れ、頬から耳元へと垂れ伝った。いやらしい女の汁で顔が汚される。それが強く興奮を高めていった。

「あふぁ、あん、あんぅうう！　素敵ぃ！　そこ、素敵すぎますぅうう！」

喘ぎ悶える鼻先を鋭敏なクリトリスへと無意識に擦り付けていた。自ら性快楽の頂に昇り詰めようとするように美麗なメイドの腰が蠢き、尻肉がたぷたぷと眼前を揺れる。

「あはぁああん、小次郎様のお顔、ぅああぁっ、凄いいい！　どんどん気持ちよくなって、ああっ、いい、顔が、いいですわぁっ、あはあああ、もっともっとぉお！」

溢れ続ける牝汁で小次郎の顔の上に涼子の牝肉が大きく滑りだした。

ぶにっ！　ぐにゅぐにゅぅっ！　密着する秘粘膜が男の額から顎先までを何度も舐めて行き来する。メイドの我が儘な腰使いで青年の顔は淫蜜にぐっしょり濡らされ、彼の口と鼻に大量に詰まり込む。

窒息しそうに苦しいのに、もっと押し付けて欲しくなる。発情しきって昇っていく淫乱牝の強烈なオマ〇コ臭。もがき、無理やり吸い込まされて、それなのに恍惚感が体中に溢れていった。

（ああ、玩具になってるのに、はあはあ、こ、こんなにも感じる）

「あうぅうう、も、もう、こんなに感じて、涼子は、こ、小次郎様の、あはぁあああああ、お顔で、いっ、いひぃいい、イキますぅううう！　イッてしまいますぅううう！」

ぶぢゅっ、ぐぢゅ！　小刻みな動きで力強く肉芽を鼻先に何度も何度も擦り付けてくる涼子。彼女をエクスタシーに導きたい一心で伸ばした舌先でクリトリスを叩き、唇できゅっと挟み込んだ。

（はぁ、涼子さんを、くはっ、こ、このままイカせてあげたい）

れろぉっ、ぬっぷ、ぬっぷ！　舌ベロに意識を集中させて、こちらも狂ったように暴れさせた。淫らで激しい狂態を演じる腰の動きが一気にまた苛烈さを増して、

「あふあっ！　はぁあああぁ、イクぅうう！　ぁはあああぁ、イキますぅううう！」

ビクッ！　ビクビクビク！　妖媚態が痙攣を起こし、男の顔面の上でぶるぶると震えていく。肉壷がヒクつき、ぷしゅぷしゃぁああっ！　牝汁が小次郎の顔面で飛沫をあげた。

その淫蜜が口内にどっと雪崩れ込む。恍惚とする息苦しさに、だらだらと溜まりこんだ物を口端から漏らしていった。

（あぁぁ、俺の顔で、はぁはぁ、こんなにしっかりイってくれるなんて……）

体を支える力をなくしたように、とろとろに蕩けた微肉がまた口元に沈み込んでくる。

彼女の淫臭に包まれていると変態的で猥褻な行為に対する嫌悪感はまるでなかった。心に湧き起こってくるのは嬉しさに他ならない。

両の手足の縄拘束が解かれても小次郎は剥き出しの裸体を晒したままだった。肉棒は猛

り狂ったままで、自分でも腫れ上がったのではないかと思うくらいに膨張しきっている。あれほど揶揄する言葉を投げかけてきたメイド達も今は普段のしおらしさを見せ、真新しい濡れタオルで体を拭いてくれていた。

「はぁ……」うっとりと熱っぽい視線が体に絡みつく。皆恍惚としたように目尻を下げ、高揚したように頬が赤らんでいる。

「小次郎様……、主人のお顔にお戻りになられましたね」

優しげな笑みを浮かべて涼子が立っている。どれほど振り乱していたのか、その長い黒髪は乱れていて激しい情事のあとを思わせた。

「涼子さん」

「涼子、と呼び捨てになってください。これより私は小次郎様より罰を受ける卑しい牝メイドとなるのですから」

しっとりとした口調から、まだ熱の冷めやらぬ気だるさが窺える。

「罰?!」

「はい。私は西日雀の血族であられる小次郎様をあろうことか女の牝部を感じさせるための奴隷に貶めてしまいました。これは許されざる罪でございます」

切れ長の潤んだ漆黒の瞳が見つめてくる。

「えっと、よくわからないけど。それに、その、俺も……興奮……したから……」

くすっ、と好意的な笑みを涼子は見せた。

「それは、奉仕役だった小次郎様もまた、感じていただいた、ということで？」

「あ……っ」

肉棒を扱かれたわけでも、しゃぶられたわけでもない。刺激を受けたのは首から上の部分だけで、当然射精には至っていない。でも凄く満足していた。視覚的、嗅覚的、聴覚的、触覚的に興奮させられた。それは彼女が美しい女性であって、自分が男であることを鑑みても、もっと別の悦びであった気がする。

「うん……。そうだね。俺は、嬉しかった。涼子さんが、いや、涼子がイッてくれたこと」

優しげな瞳が見つめてくれていた。

(奉仕することでも、こんなに気持ちよくなれるんだ。そして、こんなにも相手を愛おしく思える)

「よかった。それがわかっていただけて。では、小次郎様。女として、メイドとして、ケジメをつけさせてくださいませ」

一時クールダウンしていた涼子の頬が高揚して赤くなっている。どこかソワソワして、期待に満ちた少女のような顔つきになっていた。

「小次郎様。奉仕とはこちらから何かをするだけではありません。時には主人の怒りや愛情をその身に受け、心を癒やすのです。真につくす才能を持ったメイドは、そのための行為の最中から悦びを感じるのです。さあ、その目でしっかりと、罰を与えられるメイドの悦びと性を見ていてください」

艶やかでいて、強く求めてくる眼差し。

(涼子さんが望んでいる。罰を与えることで、貴女がもっと感じてくれるのなら)

心が一つに固められていく。

「んっ、わかったよ、涼子さん。いや涼子。今から俺が君に罰を与える」

「ああ、はい、小次郎様」

ぶるっと妖艶なメイドの体が再び震えた。彼女は嬉しそうな笑みを零し、蕩けたように瞳を細める。

「では、小次郎様。このいやらしい淫売の涼子の素肌に直接鞭をお与えください」

後輩のメイドが二人、彼女の傍に寄って衣服を脱がし始める。白いエプロンが外されメイド服のボタンが外されていった。バサッと床に落ち、もともと下着を身に着けていなかった涼子はリボンとニーソックスに靴だけといったほぼ全裸の姿を晒される。

「はあ……」

美しくも艶やかな肢体に小次郎は溜め息をついた。二十代後半の豊満に熟した肉体は柔らかな球状と曲線によって形作られていた。汗ばんだ柔肌からムンと牝香が匂い立ち、全身にバランス良く脂肪がついて心地良さそうな触感を想像させる。たわわな肉果実である巨乳は質量も豊富で張りと弾力の衰えなく、先端の発情突起した薄紅のような色をした乳首が真っ直ぐ前を指していた。見事な括れを見せる腰から臀部へいくに従って急激に肉付いて、丸い尻房は歩みのごとにぷるぷると震えるのだろう。

「いや、ですわ……。小次郎様の瞳に、感じてしまいます」

男の顔に秘粘膜を擦り付けた彼女が羞恥に頬を赤らめている。

「いやらしい体だね、涼子」

麗顔を微かに背けて恥じらう仕草を見せる女性の姿に、興奮は嗜虐的なものへと転換されていった。

「はぁ……。信じてもらえないかもしれませんが、私、本当は凄い恥ずかしがりなのです。小次郎様のお顔に腰を沈めた時だって死にそうなくらい……。でも、だからこそ感じてしまう。羞恥以上に気持ちいいことを求めてしまう。そんな、どうしようもない淫乱な涼子を、どうか厳しく罰してください」

小次郎から後ろを向いた当主専属メイドは両手をお尻の上で交差させた。近くにいたショートカットの少女がそこに縄をかけていく。涼子の腕から伸びた荒縄は、そこから天井の取っ手にかけられ、

「くっ！　あ、あっああ……」

グイと上に引き上げられていく。彼女の背中でピンと両腕が伸ばされ、上半身が前に屈んでいった。それに合わせてよく隆起したお尻が突き出され、胸の大きな肉果実がたぷたぷと揺れ動く。苦痛に眉顰める麗顔の脇を長い艶やかな黒髪がさらさらと流れていったが、まだ拘束は終わらなかった。ニーソックスの縁から微かに肉の盛り上がりを見せるむっちりとした太股にも荒縄が巻かれる。

「ぅはぁあっ、きつい……。きついのが、縛られるのが、っあ、いい……っ」

鼠蹊部が軋むほどに限界まで両脚が広げられ、下半身は恥ずかしい蟹股状態になる。ぱっくりと大陰唇が開き、そこからヌラヌラと濡れそぼった肉花弁が光沢したサーモンピンクを覗かせていた。

(いやらしすぎる被虐の牝豚……)

捨てられたAVの一場面で使われていたそんな言葉を思い出す。優しく美しき年上の女性の肉体が、肉棒をどこからでもぶち込めそうなくらい、全て陰部になったような猥褻さを滲み出していた。

牡を受け入れるためだけにあるような姿につられ小次郎は立ち上がった。すぐさま彼の脇にメイドが一人寄って鞭を手渡す。それは初心者が扱うことができるぎりぎりの長さの一本鞭だった。

「はぁ、小次郎様……。涼子は真性のマゾヒストでございます。実篤様も呆れるほどの変態ですわ。どうかご遠慮なさらずに、力いっぱい打ち付けてくださいませ」

「あ、ああ、わかったよ」

一つ大きく息を吐き、彼は辱められる姿に拘束された彼女の背後に迫った。不安定な姿勢で膝が震え、そそられる淫猥な形状の豊かな尻肉がプルプルと揺らされている。その柔肌はしっとりと汗ばんで、近付くと一層、湿度の濃い蒸れきった股間からまたあの甘酸っぱい濃厚な牝臭と熱気が伝ってきた。

「小次郎様のお顔を塞ぎ、感じまくった罪深い涼子のお尻でございます。どうか、激しい罰をお与えくださいし」

丸く盛り上がった尻房の谷間から、物欲しそうにヒクつくアナル孔が見える。確かに罪深いほどにいやらしい。

「いくよ……」

軽く振りかぶり釣竿を振るうように手首を返す。バシッ！　大きな弧を描いた一本鞭が尻肌に当たった。

「はう……っ！」

鞭は白い尻肉に一瞬食い込み、その柔らかさに弾かれて波打った。グリップを握った手がジーンと痺れた気がして、直接触れずとも肌理《きめ》細かさを感じてしまう。衝撃の瞬間、被虐のメイドは背筋を跳ねさせ、ぷるんと卑肉が震えていた。

（これが、女を鞭打つ感触……）

ゾクゾクと加虐の興奮が全身を包み、もっと身悶えさせたくなってしまう。熱に冒されたような涼子の表情と潤みきった瞳。こんな感じさせ方もあるのかと、一撃見舞わせただけで小次郎は理解した。

「小次郎様……、つ、続けてください。もっと、もっと激しく」

とろんと涼子の瞼が下がってきている。

「あ、ああ……」

求められるまま二撃目を放った。パシッィッ！　先程よりも強く叩きつけ、艶やかな尻肉に真っ赤な鞭痕を刻みつける。

「ぅくっ、はぁああ！　はぁはぁ、そ、そうですわ……、もっと、小次郎様の想いを込めて……」

鋭い衝撃の瞬間だけ、彼女は苦痛に顔を歪めていた。だが次の瞬間にはもう全身を痺れさせたように震わし、恍惚の表情を見せてくれる。ドキリとして愛しさを感じてしまった。

「涼子……さん、教えてくれ。痛いことは、気持ちいいことですか？」

罰を与える最中に無粋な質問だったかもしれない。だが拘束されたメイドは桜色に上気しだした顔を向けて、優しそうに口角を上げた。

「それは……気持ち、いい、ですわ。はあ、はあ、小次郎様から、与えられる、んっ、はあ、ものですもの」

「それは、俺に奉仕する悦びだから？」

その問いにメイドは答えず、恍惚感を滲ませる顔が優しげに微笑んだだけだった。

お尻を突き出され、淫猥な股間も剥き出しに大きく広げられたその全身恥部のような姿を見せ付けられるだけで、性的な興奮はどうしても高められる。甘い吐息を含んだ呼吸でよく脂肪のついた乳房と臀部が今は緩やかに揺れて衝動を駆り立てた。

ピシッ！　遠慮のない叩きぶりで、柔肌に三つ目の鞭痕を刻みつける。

「あはぁっ！　くふうぅぅう……。はぁ、はぁ、い、いいですわ」

肉ビラの合わせ目から、ぬらぬらと淫蜜が滲みキラキラとした光沢を輝かせる。マゾ牝の本性を現しだした妖艶なメイドは深い息遣いにたわわな巨乳をぷるんと揺らし続けた。

「涼子、マゾなんだねっ！」

パシッ！　ビシッ！　連続して四撃、五撃と加えてやる。男を誘うために肉付いたような柔らかな尻肉が大きく揺らされ、煌めきながら汗が飛び散った。

「いっ！　あひぃいいいい！　はあぁあああ……、か、感じます、小次郎様の、はぁはぁ、興奮が、ひっ！」

パンッ！　パシッ！　パシッッ！　鞭打つごとに興奮の波紋が湧き起こり、マゾ牝の悲鳴を聞くごとに悦びを感じていく。拘束された涼子の男好きする肉体が鞭撃のたびに身悶えると嗜虐は一層高まって、萎えぬ肉棒の先端からまた先走りがダラダラと漏れていった。

(俺、こんなに興奮して……。それが涼子さんに伝わって、あんなに悦んでいる)

鞭の痛みに耐え、そして感じてしまっている彼女を見ていると愛情がより湧いてきてしまう。だからもっと責め立てたくなってしまう。

逆上せ上がった。真っ白な尻肌を鞭痕で真っ赤に染め上げ、

「はあ、はあ、うわあああああ！」

バシィィッッ！　力いっぱい最後の一撃を放った。

「いひぃぃいいいいい！　あがっ、はあ、はぁはぁ……」

大きく美顔が跳ね上がり、乱れ髪が広がった。全身から飛び散った汗が床を濡らし、衝

撃にジーンと肉体を痺れさせている。

「はあ、はあ、はあ……」

手から一本鞭が零れ落ちた。これほど疲れてしまったとはそれまでまったく気付かなかった。だが興奮してビンビンに起ちつくした肉棒から猛烈な欲望を感じてしまう。ぬらぬらと涎を滴らせる牝の股間の口が瞳に映った。

「りょ、涼子……。俺……」

ふらふらと濃厚な牝臭を放ち続ける女体に近付いてしまう。疲れきりながらも、被虐癖を晒したメイドは切なげに潤ませた瞳で振り返る。

「はあ、っは、小次郎様、まだ涼子の、女が収まりません。はぁはぁ、ああ、その滾ったオチンポの施しを……。んっ、はあああ、私のこの卑しい肉壷に、どうか……」

彼女は微かに笑みを零した。

(まさか、お、俺の欲望を汲んで……？　これが彼女の奉仕……)

涼子の肉体もまた強烈にイキたがっているように見えた。白い柔肌が全身ほんのりと朱に染まり、汗ばみながら目に見えぬ湯気を立たせるように体中から淫気を放っている。不安定な格好でぷるんと揺れ続ける巨乳の先端では乳首が硬く起ちつくし、その牝肉にあって最もいやらしい裂け口から、とろとろと獣の涎のように愛液を滴らせている。濡れきった花弁は充血したように赤みを増していた。

その姿に滾らされる。彼女の強く求める瞳が見つめる小次郎の肉棒は、ビクンビクンと脈打って、先端からダラダラと淫水を漏らし続けていた。

「はあ、はあ、こんなドスケベな体……。涼子、もっと気持ちよくしてやる」

「はあっ、嬉しいぃっ、小次郎様……。はやく……、ふあ……っ」

前屈みで両脚を大きく広げられる拘束状態のメイドの背後に迫り、たわわに柔らかなお尻の双房を掴んだ。しっとりと柔肌が掌に吸い付くようで、十本の指が全て尻肉に沈み込む。ぐっと力を込めると指と指の隙間から牝肉が盛り上がり、押し返してくる弾力がとても気持ちよかった。割り開くように広げてやると桜色のアナル孔が見えて、ヒクつく様相が猥褻物だと教えてくれる。

「君のヴァギナを味わいたい」

「はぁ、は、早くくださいませ……。涼子は、もう……」

強く求めて誘うように淫ら腰がくねる。片手を滾る逸物に添えながらゆっくりと膝を折って下腹部を沈み込ませて男の腰を突き出した。

ぬちゅ……ぅ、パンパンに膨れ上がった肉棒の先端が蜜濡れきった微肉の裂け目に潜り込む。最も熱い牝肉に包まれ、ぬるぬるとした柔らかな感触に愉悦を覚えた。

「あはぁああ、いっ、いいですぅううう！　硬いのに、押されてますぅ……」

御主人様の甥。年下の可愛かったあの子。そんな彼の背徳的な牡肉が捻じ込まれてくる。

直後に膨れ上がるであろう快感への期待に、瞳を細め、だらしなく口元を緩ませるマゾ牝。

むにゅ、にゅるにゅるっ！　淫蜜が肉棒の下底を舐めて滴ってくる。先端ですぐさま肉壷を探り出し、ぐっと圧してみた。

「ふあ、あんっ、そ、そこそこを！　はぁはぁ、は、早く、オ、オチンポぉおおお」

互いの熱さに結合を誘引されていく。ずっと吐き出したくて堪らなかった欲求が今にも爆発しそうなのだ。むしゃぶりつこうと口を開ける肉壷が鈴口の周りを舐めてくる。

「涼子、しっかりと味わえ……」

「はい……、あっ、はあぁあ！」

ぬぢゅ！　先端が蜜孔を大きく広げていく。ヌズズ、ヌズブズズ！

「うふぁあああ！　入ってきますわぁああ！　はぁはぁ、とっても大きい小次郎様が、あはぁあ、入ってきますぅうう！」

ぬぷちゅぅ！　ちゅぷちゅぷ！　奥肉に溜まりこんでいた牝汁を飛び散らせ、ぐいぐいと力強く進攻していく。黒髪を振って仰け反るようにメイドの顔が上げられる。女芯の粘膜のぬちゃぬちゃとした滑りと温かさを感じながら肉棒が包み込まれ、蕩ける卑肉に溶かされていくようだった。

「す、凄く、気持ちいいよ、涼子」

「あはぁ、はぁ、はぁ、わ、私も……はぁはぁ、ああん、素敵ですわぁ！」

両手を汗ばんだ女の腰に当て直す。僅かに指先を牝肉に沈み込ませるように力を込めて、さらに奥まで男根を抉りこませた。ご褒美を猥褻物の内底にまで与えられ、淫乱な女体が震えて悦びを示す。甘ったるい吐息を熱く漏らし、拘束メイドは大きく艶やかな唇を開いた。

「くはぁ、あはあっ……オマ○コが、オチンポでいっぱいになるぅう！」

甘えるように内粘膜が肉茎に纏わりついて、きゅるきゅると抱きつくように締め付けてくる。いやらしい外肉の形状に違わぬド助平な壷内は生暖かく男を包み込んで優しさときつさを併せ持って全体を舐め回してきた。

(本当に、むちゃくちゃ気持ちいい)

男の悦楽のためだけに存在するような牝の本体をぐちゃぐちゃに壊したくなってしまう。

ズン！　ズププ、ズチュ！　腰で牝尻を叩くように苛烈に突き込んだ。

「ひっ！　あひぃ、っあぁあああ！　お、奥まできちゃうぅううう！」

彼女の腰を強く引き寄せ、同時に巨棒の根元まで犯させる。牝汁で溢れた肉窟を貫いた。先端が子宮にぶち込まれ、さらに底肉まで叩きつけられる。涼子の拘束された両腕が一気に力が入ったように震え、飛び跳ねた顔では唇から唾を飛ばしていた。

「あがぁっ、はあ、はぁぁあ！　す、凄すぎますぅううう！」

ヌズズ、ジュプッ！　ズプズプブゥゥッ！　気遣いをまったく感じさせない自分本位なピストン運動。抉り刺し、淫蜜を掻き出すような抜きを何度も繰り返す。

「あはっ、あはぁああ、凄いぃ！　凄い、凄い、凄いいいぃいい！」

パンパンと肉と肉が叩き合う音が響いて、尻房がたわわに揺れ動く。大きく実った巨乳が柔らかさを見せ付けるようにブルンブルンと振れ暴れ、全身から珠の汗が噴出していった。肉棒に内臓の奥まで蹂躙されるたびにそれは飛び散って、乱れ髪が舞い踊り続ける。

「はぁ、はぁ、涼子は、はあ、いつもいつも、セックスで、こ、こんなに感じまくっていたのか！」

「ぁふあ、あああ、涼子は、あうぁあ、変態ぃ！　オチンポ、オチンポ大好きなのぉ！　感じちゃう、感じちゃう、犯されて、よくなっちゃうぅぅううう！」

ギシギシと拘束縄が軋むような音を立てる。止めどなく溢れ続ける牝汁が男の睾丸をぬらぬら滑らせ、女のむっちりとした太股を伝い垂れて肉引き絞る荒縄を湿らせていた。女体がただの肉玩具に見えてきて、我が儘に注ぎ込みたくなってしまう。

（ふあああ、も、もう、抑えられないいいっ！　涼子さんのこと尊敬するし、感謝もしている。だから、想いのたけをぶつけて……）

ヒクヒクと男根をしゃぶりながらマゾヒストの欲しているものを伝えてくる肉壷。

「ほらほら、でかくて激しいのが好きなんだろ」

罵る言葉が陵辱感を高めてその瞬間に、きゅう、ときつく締めてくる。

「あはぁあああん、も、もっとぶち壊してぇ！　涼子のオマ○コ、うはぁああ、ぐちゃぐちゃにしてくださいいぃいいい！」

辱められるためのいやらしい姿に拘束されて大勢の瞳に晒されることも、窮屈な姿勢や食い込む荒縄の痛みさえも、自ら受け入れた主人のためなら快感になる。

（ああ、わかってきたよ、涼子さん）

強い羞恥や痛みを受ける時、それが激しければ激しいほどに主人につくしているのだと感じられる。その人のためにどんなことだってする。

今は自分にそれを教えてくれたこの女性のために、彼女の望むように気持ちよくする。

ヌズズ、ズン！　ズチュズチュ！　被虐癖の悦びのままにパンパンと腰を果敢に尻肉に叩きつけてあげる。深くて激しいスロートを繰り返し、腫れ上がったカリ首でぐちょぐちょに蜜の詰まった膣粘膜を削ぎ続けた。

「あひゃあ、あああ、熱いぃいいい！　子宮が燃えちゃうぅぅうう！　もっと、もっとおお！」

ポタポタと牝肉の全身から滲んだ汗が床に滴り落ちて、たぷんたぷんと大きく揺れる巨乳から弾けていく。眉間に皺が寄ったアヘ顔を晒し、後輩メイド達の目の前で牡に媚びる肉奴隷へと堕ちていく淫乱マゾヒスト。

「こんなに乱暴にされて、はぁはぁ、気持ちいいのか、このド淫乱」

ぢゅぷ、ぢゅずず！　とろとろの肉ビラが捲り上げられ、牝汁が結合部から飛び散っていく。苛烈に掻き乱す亀頭が子宮孔を何度も抉り、そのたびに女は唾を飛ばして悦んだ。

「うひぃいぃいいい！　狂う、狂ううぅぅううう！　オマ○コで狂うっひゃううう！」

睾丸が引き絞られるように硬くなっていく感覚がした。どろどろとした欲望の塊が弁を強烈に圧迫して、吐き出す快感を望んでいる。彼女の中に注ぎ込みたい。衝動はもはや自制できるレベルを遥かに超えていた。

「くっ、うう、こ、このままじゃ中出し……」

マゾ牝メイドのお尻がくねり波打った。狂乱の腰振りで、尻肉をぷるぷる揺らされる。

「うはぁあああ、もっともっと、オチンポもっとぉ！　精液ぃいい！　精液欲しいぃいい！　ズボズボいっぱいひて、熱いの出してぇええええ！」

脳髄まで犯されているように女の唇からダラダラ涎が漏れている。ポーと赤らんだ顔でメイド達が見つめていた。誰も獣の快感を止められない。一層激しい突き込みでズンズンとぶつけ、膣も子宮も、ぬぐちゅ、ぐちゃぐちゃ！　牝汁に溶かされていた。

「くあああ！　の、望み通り、ぶちまけてやる！」

もう自らの欲求に徹するしかない。肉と肉の望みは一緒で、牝は深く激しくイキたがって淫乱な身悶えを見せ付けた。全身が汗でぐっしょり濡れて柔肌が薄明かりに光沢を放っている。漆黒の恥毛と鼠蹊部は牝汁にねっとり塗れ、さらに濃厚になった牝の淫臭を小次郎は思い切り吸い込んだ。

ぬっぷ、ぬっぷ、ずちゅっ！　興奮と快楽に狂い、膨らみきった亀頭が淫蜜ごと牝粘膜を苛烈に削いだ。欲求の高まりに腰を叩きつけた尻肉がブルンブルン震えて、汗が飛び散る。淫乱が絶頂に向かって全身を狂い跳ねさせた。男も頂点に達してしまう。

「あはぁあああああ、熱いい！　全身が熱くて、イ、イキますわぁあ！　あひっ、あひゃひぃいいいい！　イクううう、イク、イク、イクぅぅううう！」

ぷしゅ！　ぷしゅぅぅっ！　苛烈に擦られ続ける結合部から牝汁が飛沫をあげた。

「うあ、くっ、あああ！　出すぞ、ああ、出る出る！　うおっ」

ドクン！　ドビュルビュル！　ドプドプ！　子宮孔の周辺で亀頭が大きく跳ね上がった。先端が噴火して、一気に大量の牡液を注ぎ込む。

「ふあっ！　はあぁぁあぁ！　あひぃっ、いいいぃ！　入ってぇ、入ってきますううううう！　熱いのいいいいっ、イクぅぅううう！」

ビクビクッ！　背筋が跳ねてアヘ顔が大きく仰け反り返る。刹那強張った全身が、次の瞬間弛緩して痺れきった。舌ベロを突き出し、白目を剥いたイキ顔を晒し、

「ふあ、あはぁっ、はぁああ……」

恍惚に蕩けきって力を落とす。ガクリと縄に吊られるだけになって、軋む女体はまだ奥芯に突き刺さったままの快感の余韻に浸っていく。

(本当に……気持ちいい、こ、このままずっと……)

ピクンピクンとまだ彼女の中で己の分身が蠢いていた。濃厚な秘め事の香りが充満した部屋の中で、はぁはぁ、と淫獣達の呼吸が響いている。赤茶色の髪をした愛しいあの子を一時忘れてしまうほど、その疲れは心地良かった。


夜のうちに一雨あったのか中庭は朝露に濡れていた。その滴が日光に煌めき、緑を映えさせる。何世代も前に人工的に引かれた小川が敷地内を横断し、そのせせらぎが聞こえる夏の朝は爽やかの一言につきた。そこに今朝から、あるいは深夜からだったのかもしれない。芸術品が一つ付け加えられていた。

(涼子さん……)

近付くことは固く禁じられていた。館のどこからでも覗ける中庭の中心に白い大きな十字架がある。身をもって主従関係の真髄を教えてくれた彼女は、そこに全裸で磔《はりつけ》にされていた。肉感に溢れた白い柔肌のあちこちに真っ赤な鞭痕が刻まれ、きつく手足を縛られたままグッタリと乱れ髪を垂らしている。伯父の施した罰に相違なかった。

だが彼女はとても美しい。昨晩の情事のあとにもずっと責められていたのだろう。切れ長の妖艶な瞳の下にはっきりと隈を浮かべ、ただその表情はどこか恍惚として悦びに満ち溢れていた。朝露に濡れた肢体がまた見る者の瞳を捉えて離さない。

(あれは、俺の……、いや、俺とこみなのために……)

伯父に対する怒りは不思議と湧いてこなかった。彼女はきっとこうなることを知っていて、そしてこうされることを望んでいたに違いない。信頼しているのだ。強く、実篤のことを。十字架に括られたあの姿こそ、支配される者の美しさだった。

(こみな……どこに行ったんだ?)

小次郎は今一番会いたい人の姿を見つけられなかった。

有川こみなは、その朝には姿を消していた。

## 第三章　繋がる夜

午後になって日差しは灼熱を降り注ぐようになった。遥か向こうに入道雲が見えて、それ以外は青空が広がっている。駅前に続く道はとても静かで、アスファルトの焼かれる音や蜃気楼の揺らぎさえ聞こえてきそうに思えた。平日の商店街はまだ人はまばらで、目立つ格好をした彼女を見かけても振り返る者は少ない。昔気質《むかしかたぎ》の八百屋の主人だけが馴染みの顔に大きく声をかけた。

「よう、こみちゃんじゃないか。今日はお使いかい？」

いつもならニッコリ笑って元気よく挨拶する彼女が、今日はボーと遠くを見つめて通り過ぎる。手にはちょっと大きめのバッグが一つだけ。不可思議に見つめる八百屋の主人の見ている前で、メイド少女は何もないところで一度見事にコケた。

立った。

そしてまた歩いていった。

気だけが急いていた。館中を探し回り、使用人全員に心当たりを聞いてみる。結論から言えば、昨晩のパーティ会場以来、こみなを見かけた者はいなかった。

（どこへ行ったんだよ、こみな）

小次郎の胸の中に、寂しさと愛おしさがどんどん募っていく。昨晩部屋に戻った時には、彼女は自分の小室に篭っているものだと思った。もう眠っていてもおかしくない時間だったので、彼もシャワーだけ浴びてすぐにベッドに潜り込んでいる。

朝になったら、自分の正直な気持ちをしっかりと彼女に告げよう。それだけで、きっと何もかも上手くいくような気がしていたのに。

この事態を真っ先に相談できる相手は、今はまだ自身の望んだ罰によってその身を拘束されている。焦りだけが心の中で広がっていった。

（やっぱりもう、この館の敷地内にはいないのか？）

こみなは携帯電話も持っていない。連絡すら取れず、どうやって気持ちを伝える？　キリキリと心の締め付けられる痛みが広がっていった。


アンティークな内装をした喫茶店の窓際に座って風景をただ見つめていた。たまの使いで外に出た時、見かけて一度ここに入ってみたいと思っていた。こう見えて、結構真面目なのだ。仕事の途中でサボってお茶したことなど一度もない。

「あーあ、やっちゃったな……」

メイド服姿の彼女がここでこうしていると、従業員が自分の店で休んでいるように見えただろうか。テーブルの上にはアップルティーの入ったカップが置かれている。本当はケーキも頼みたかったのだが、財布の中身を見てそれは諦めた。

「これからどうしよう……はぁ……」

こみなの所持金は二千円を切った。これで何日も生きていけるはずもない。給料のほとんどを定期預金にしていたが、その通帳も総務室の金庫に預けたままだ。宿なし、金なし、頼る者もない。

近くのテーブルでカップルがいちゃついていた。何だか無性に腹が立つ。客が少ないことをいいことに、ディープキスを続けて、男は女の乳房を揉んで、女は男の股間を摩っていた。

「ひ、人前で、あんなことして、恥ずかしくないのかしらって、まったく……」

カップを唇に当てながらチラチラ横目で見てしまう。

「べ、別に、羨ましくもなんともないんだから」

グーと大きくお腹が鳴った。イラ、イラ、イラ！　募り募って、

「ちょっと、ウェイトレスさん、クリームパスタ大盛りで持ってきて！　あと、シフォンケーキも追加！」

大声で叫んでいた。

それほど汗っかきでもない小次郎のシャツの内側はぐっしょりと滲み出すもので濡れていた。午後になって外に飛び出し、何時間も街を歩き回ったのではさすがに息も上がるというものだ。西日が赤くなってきている。時間が経てば経つほど、彼女は移動距離を稼い

で、どこまでも遠くに行ってしまうのではないだろうか？

「くそっ！」

ヨタヨタしだした足を叩いて奮い立たせる。無機物なアクセサリーをまるで唯一の家族のように大切にしていた女の子。気の強い彼女の寂しげな声が頭の中をグルグルと回って、放ってはおけないと思った。夕日に染まりだした商店街は時間経過と共に人通りが増してきて、小柄な彼女を見つけるのがだんだんと難しくなってくる。求める心が強いほどに、似たような体格の少女を見かければ皆こみなに見えてしまう。

「こみな！」

後ろ姿だけ見て声をかけ、間違えること五人。そのつど不審な顔をされて何度も頭を下げることを繰り返した。

「小次郎様……」

聞いた声に慌てて振り向いた。雑踏の中にいたのは、求めた少女ではなかった。

「夕貴……」

濃い目の茶髪を肩まで伸ばしたメイド。寂しさと嬉しさを含んだような瞳を見つめながらゆっくりと通りの脇に移動した。近くに彼女の主人であるあの自己中心的な従兄弟はいないようだった。

「どうして、君がこんなところに？　清彦は？」

「言いつけで、お買い物に……。あと、こみなちゃんを探すようにって……」

「君が、こみなを……？」

それぞれ仕事を持っている他のメイドや使用人達はこみなの捜索には出られなかった。またそれが彼女の意思である限り、誰も連れ戻そうとはしないものだ。その状況にありながら、清彦は自分のメイドを駆り出してまでこみなを探している。小次郎がこのタイミングで専属メイドを失えば、それは次期当主争いで絶対的に有利になるはずなのにだ。

「んっ……。清彦様は、その、こみなちゃんを自分の物にしたいんです」

「なっ！」

そういえば彼はこみなのことを以前から知っている風だった。

「こみなちゃんは覚えていないようですけど、清彦様とは同じ学院の出身で、その、詳しくは話してもらっていませんが、その時清彦様は、こっぴどくふられたらしいんです」

「はっ?! はあああ！　こみなが、清彦をふっていたぁ！　こ、こっぴどくって……」

意外な事実に大声を張り上げていた。

「ええ、それはもう、一ヶ月ほど寝込むくらい、こっぴどく……」

なんだか、よくわかりすぎるくらい鮮明にその図が浮かぶ。

（こ、こみな……、いや、この場合、清彦に突っ込むべきか？）

自信満々に横柄な態度で告白する清彦。それを一刀両断に切り捨てるこみな。二人の性格をよく知っているだけに、その想像はあまりにもリアルだ。

「……小次郎様、早く、こみなちゃんを見つけてあげてください」

清彦と一緒の時には見せたことのないような寂しげな笑みだった。

「夕貴……」

「お互い専属になる前は、結構仲よかったんですよ私達。彼女、いじっぱりだからツンケンしちゃうけど、本当は小次郎様のこと……。きっとあの子、待ってますよ」

「待っている？」

「ええ、まだこみなちゃんはこの街にいます。こんな時、足が向いてしまうのは、きっと大切な場所……。それはたぶん、小次郎様にとっても……。さあ、早く」

潤んだ瞳が真っ直ぐ見つめてくる。

「夕貴、君は……。んっ、わかったよ、ありがとう」

真っ赤に染まっていた空では東の方から星が瞬き始めている。小次郎は急ぎ走った。やっと気付いた。彼女が待っている場所。今はそこにいて欲しいと強く願う。


日中の日差しに焼かれて火照った体がようやく冷やされてきた。空の半分は濃紺の色に変わり、時と共に広がって漆黒へと変わるのだろう。小高いこの丘からは街の明かりが煌めいて見えて、物悲しい美しき夜景を見せてくれる。

少女はベンチに膝を抱えて座り込んでいた。もう辺りからは誰の気配も消えて、ポツンとただ一人。晩夏の虫達が羽音を奏でるが、その音色のBGMもこみなの瞳を潤ませるにすぎない。まだ暖かな風が頬を撫でて長い髪を揺らしてきた。

「私……何してんだろ」

明るい日中から黄昏時に入るにつれて思いが胸に込み上げてきた。切なくて堪らなくなって気付けばここにいる。明け方近くに彼の寝顔を見てから出発し、まだ一日も経っていないのにもう何年も会っていない気がしてしまう。膝を抱える腕に力が込められた。

「なんで、アイツの顔が浮かぶの？　変態のくせに、お人よしで……」

少しは彼のために頑張ってやろうかと思った。でも空回りして失敗ばかり。挙句、また庇われて迷惑かけて。そんなものどうだっていいって、アイツが勝手にやっていることだって、今までだったらそう思えたのに。

「どうして、逃げたんだろ？」

部屋に戻った途端に思い浮かんだ。きっと彼は自分を叱らず慰めてくれる。メイドである自分を主人である彼が、だ。そういう奴だから。

「それが、私、辛いんだ。優しくされるのが怖くて、嫌われるのがもっと嫌で……。なんなの？　この気持ち……」

ニーソックスに包まれた膝の上に一滴涙を零した。その時、

「こみな！」

ハッとメイド少女は顔を上げた。真っ暗な迷い道に小さな、でもしっかりと何よりも明るい光が見えた気がして心がゾクゾク震えてしまう。背後から草を踏む足音が聞こえて、ベンチから立ち上がる。振り返るのが怖い。

（あれ、私、何でここに来たんだろ？）

　そんな疑問が今やっと脳裏に浮かんだ。

　風に艶やかな赤茶色の髪が靡いていた。いつにも増してずっと小さく見える愛らしい後ろ姿に優しく目を細める。もうすぐ完全に日が落ちる薄闇の中で、彼女のことだけははっきりと見える気がした。

「な、なんで？　なんでアンタが……」

　大きな瞳が潤みきって揺れているように見える。もう泣いていたのかもしれない。

「こみな、帰ってこい」

　艶やかな唇が震えながら少しだけ開いた。そこから込み上げるものを耐えるように口角はグッと下がる。彼女の足がようやく動いた。

「ア、アンタ、どんだけお人よしなのよ。逃げたメイドを追いかけたって、何の得にもならないじゃない。……もっと素直な子を専属に選び直せばいいだけのことでしょ」

　フンと横を向きながらも、その歩みはしっかりと前に進んでいる。

「俺も、よくわかんねえ。でも……お前が傍にいないと寂しいんだ」

　一瞬開かれた潤んだ瞳。落ちかけた真っ赤な日の光に照らされた横顔が染まっている。

「……ちょっと、胸貸しなさいよ。そしたら、戻ってあげてもいいわよ」

　ゆっくりと近付いた小柄な体から伸ばされた腕が、小次郎の襟首を掴む。ぐっと引き寄せられたかと思うと、ドスンと愛顔が彼の胸下にぶつかった。少しだけ震えているように見えた。

「こみな……泣いて……」

「うるさい！　アンタなんかに迎えにきてもらったからって、泣くもんか。こんな、コスプレ好きの変態で、むっつりで、格好つけで、人の下着は覗くわ、顔を埋めるわ、匂いは嗅ぐわの痴漢で、謝ることしか才能のないような男にい！」

「酷い言われようだな」

苦笑いを浮かべながら、微風に僅かに靡く紅榴石色の髪を小次郎は優しげに見下ろした。

「……でも、ちょっとは、嬉しかった」

ぐりぐりと顔を押し付けて揺れるフリルのカチューシャ。鼻を啜るような音さえ愛らしく父性本能を擽られる思いだ。

「そうか……」

そっと少女の背中に腕を伸ばす。彼女の体は日中の熱をまだ帯びて熱く、そして小さく柔らかだった。

「落ち着いたか？」

隣でしっかりと寄り添い温かみを伝えてくれる彼女は小さく頷いた。夜風にふわりと舞った少女の髪が頬を撫でてくる。こみなはしばらく俯いたままこちらを見ようとはしてこなかった。横顔はほんのりと赤らんで、公園の外灯に照らされている。

「こっち、向いてくれよ」

「……やだ……」

やれやれ、と一つ息を吐いた。

「ねえ……」

「んっ？」

視線を遠くに向けているこみなは、こちらを見ることに躊躇《ためら》いを感じているようだった。

「戻る前に約束して。その、もう遠慮したり、いらない気遣いしないって。アンタが主人で、私はメイドなんだから。だから、その、したいこと、していいよ。別に、アンタに触れられるの、嫌、じゃないから……」

こちらが言うべきことを先に言われてしまった気がした。だが悪い気はしない。

「じゃあ……」

指先を彼女の顎に添えて、クイっとこちらを向かせた。

「あっ……」

ずっと見ていたくなる可憐な顔が少しだけ驚いたように濃紺色の瞳を揺らしている。トクントクンと鼓動の音が聞こえ、瞳を細めていく彼女の顔に自分の唇を近付けた。感情に素直になろうと決めた時から、彼女が受け入れてくれるなら、こうしたいと思っていた。

「ん……っ」

鼻に抜ける甘い声が鼓膜を刺激し、唇は柔らかな感触を確かめる。温かな感情が胸の内に広がって、感動に心が震えた。その甘い暖かさに腰がふわふわと浮くようで、微かな興奮に包まれていく。

「はぅん……んっ……」

彼女の方からの押し付けを感じて顎から指先を離した。それは抱きしめるように少女の背に回り、グッと小柄な上体を引き寄せる。胸に当たっていた少女の繊細な指先が移動してしなやかな両腕が自分の腰に巻き付いてきた。ささやかな乳房の膨らみが圧してくる。夏の軽装ではすぐに先端の突起に気付いてしまい、唇とそこで意識が半分に分かれた。

(こみなが、感じている)

愛らしい肉体がとても熱い。劣情が湧いて、それを素直に受け入れた。堪らなく欲しい。美少女の汗ばんだ素肌の匂いが鼻腔に届き、求める強い気持ちで唇を啄ばんだ。くちゅ……、しっとりとした柔らかさを堪能しながら口裂の奥まで自分の物にしたくなる。

「あん……っ、はぁ……」

ぬちゅ……っ、舌先を潜り込ませたその時、腕の中でビクッと少女の体が強張った。だが刹那のうちに蕩けていく。

ぺちゃ、ぬちゃ、ぺちょぺちょ……。夏虫さえ聞き耳を立てるように羽音は鳴り止んで、静けさの中に、唾液が混ざりあい粘膜の重なりあう音が響いていく。互いのベロが口内をぐちょぐちょに舐め回しあった。

（凄い、求めている。こんなに、甘えて……）

　興奮した息遣いが濃厚に接触したままの二人の口から漏れていく。舌先が彼女の口内を蹂躙し、一つになりたいと訴えるように少女の滑らかなベロがのたうちながら絡みついてきた。濡れた粘膜同士を擦り付けあい、くちゅくちゅした音が頭の中に響いていく。

「あふ、はぅん、んっ、ううん」

　ぺちょ、ちゅちゅ、ぬちゅぬちゅ……。情熱的に吸いあって、感じあいたくなって舌同士の愛撫を続ける。唾液が行き来するたびに一つに溶けあうような気分になってキスだけで逆上せ上がっていった。

　ねっとりとした唾液の糸を引きあって唇が離れた。まだ顔は間近にあって秘部を連想させる濡れきった彼女の唇が瞳に飛び込む。もう何度か局部を愛撫してくれているメイド少女が真っ赤になって視線を逸らせた。

「は、初めてのキスなのに……入れるんじゃないわよ……スケベ……」

　少しだけ頬を膨らませ唾液に塗れたままの唇をちょっと尖らせるこみな。本気で怒っているはずもなく、照れくさそうな言い草がまた可愛い。

「そうさ、俺はスケベで変態だ」

「きゃ……っ」

　彼女の腋の下に両手を添え、すぐそばにある大木の影に入り込む。そこから持ち上げ背中から抱くようにして自分の膝の上に乗せる。小さな子供を座りながら抱っこするような形になって、柔らかなお尻の弾力が足の付け根に近い部分に沈んできた。

（これは意外と……結構、肉付きいいんだな……）

小柄な体型に乳房と呼ぶには微妙な胸元。全体の線の細い彼女であったが、そこは女の子らしい柔らかな丸みを帯びている。直《じか》にその感触を確かめるとずっと抱きしめていたくなる心地良さがあった。

「ちょ、ちょっと……あ、あれが……お尻に当たって……」

強く求めあったキスの段階からムクムクと起立しだした男性自身が今はもう完全な強張りとなっている。メイド服の裾とペチコートがふわりと広がり、少女の下着一枚だけの下半身をもろに感じた。この炎天下を長袖の通常服で歩き回っている。むっちりした太股の内側から下腹部にかけての蒸れた熱気が、彼の硬い膨らみに濃厚な湿度を与えてくるのだ。

「今すぐ、こみなの全てを俺の物にしたい」

本気の想いを局所に込めてグリグリと、しっとりとした尻肉を突いてしまう。真っ赤になった横顔から困ったような視線を投げかけるこみな。

「い、今すぐって……ここで、するの？　ど、どんだけ変態なのよ、アンタ！」

「好きにしていいって、言ったじゃないか」

真剣な青年の眼差しに、少女は一瞬ポッとしたが、

「だ、だ、だ、ダメだってぇ！　まだそんなに遅くない。誰か来ちゃうってば！」

「ご主人様の命令でもか？」

慌てて手足をバタつかせたメイド少女の動きがピタと止まった。力が急に抜けてしまったように背中から身を預けてくる。横からの上目遣いで恨めしそうに見つめてきた。

「覚えてらっしゃい。夜中こっそりアンタの額にZって書いといてあげるから」

どこまで本気なのかと考えながら、こんな言い草さえ可愛く見えた。

「そういう口の利き方も直してやるからな」

小次郎はニッと笑った。

「なっ、なによそれ……ぁひゃっ！」

瞬間、ピクンとこみなの身が強張った。腕を伸ばして愛らしい乳房に触れたその時だった。触れてみて初めてわかる。少女の腋の下付近から緩やかながら脂肪がついていて、張りと柔らかさの絶妙な感触は、むしろ自分の指先の方が愛撫されているような気持ちよさだった。

「俺を信じろ。ちゃんと調教してやるから」

「ば、バカぁ……ふざけたこと言ってると、ぁやん！　はぁあ……」

膨らみ始めのような健気な微乳は感度がよく、優しくムニュと下から寄せるように揉んでやるだけでピクピク反応を見せてくれる。密着しているとその痙攣したような震えがダイレクトに伝わって、股間の上で少女のお尻が浮いたり擦り付けられたりを繰り返した。

「あは、ひゃうん、はっ、はぁはぁ……」

包み込んだ美少女の小柄な体がモゾモゾと動いて柔らかな優しい刺激を与えてくれる。

「こみなの体、気持ちいいよ」

「は、恥ずかしいこと言うなぁ……」

照れくささの中に嬉しさを滲ませているようだ。行動や体の反応だけはずっと素直なのだが、自分の言葉でそれを表現するのはまだまだ不得手である。

「もみゅもみゅされて、気持ちいいか？」

「そ、それは……あふ、ああん、はぁ……」

指先で小さな乳房の弾力を愉しみながら、口を彼女の耳元に近寄らせる。熱く息を吹きかけるように囁いた。

「命令だよ。言いなさい」

「こんな時だけ主人面してぇ……っ、い、言えばいいんでしょ。んっ……」

メイドは羞恥を桜色に染まった頬に表している。主人はぷっくりとした唇をじっと見つめていた。

「き、気持ち……いい」

横目でニヤニヤ笑っていることに気付かれたのか、こみなはプイと反対方向を向いてしまう。体が一段と熱くなった気がする。よほど恥ずかしかったのだろう。

そんな隙をつくようにエプロンの下に腕を潜り込ませた。辱めるような意地悪な気分も興奮と共に湧いて、素早くボタンを外し、生地の縁を掴む。

「ちょ、ちょっと、やん、だ、ダメっ！　出ちゃうぅ！」

ぐいっと左右に開きながらエプロンをずらした。白い微乳の柔肌が外気に晒され、ツンと感じてしまっている桜色の乳首が少し上向いて起っている。

「あわぁ、ダメだって、言ったのにぃ……」

恥ずかしさに縮こまり、締められた腋で微乳が寄せられる。ささやかな隆起の陰影は彼女の人形のような可憐な顔立ちと相まって背徳的な気分を高めさせた。造形物のような完成された美しさを感じる。なのに汗ばんだ少女香を備えてどこか淫靡で、彼女の体付きは十二分に牝を感じさせているのだ。

「綺麗で、凄くエッチだ、こみなの体……」

確かに肉付いた尻房のワレメに挟まれるように肉棒の硬直と膨張が増していく。

「はぁっ、そんなこと言ってぇ……」

ぷんぷんしながらも声に艶やかさが含まれている。

「こみなの体は、きっともっとドスケベになる。ほら……」

小さな乳房を掌で包みながら指間に乳首を挟み込む。

「あふっ、んっ……こ、こんな場所で、あっ、ああん、こんな、こと……」

柔らかな乳肌は指先と掌を吸い寄せるようで、揉みしだきに歪んでいやらしく形を変えた。硬く痼《しこ》っていた乳首が目の前で突起をさらに伸ばし、発情した猥褻物へと変わっていく。

「これからは毎日揉んで、貧乳を大きくしてやる」

正直なことを言えばこみなのこのサイズも可愛らしくて好きなのだ。

「ば、馬鹿にして……あは、やぁん……はあ、はあ……」

感度のよさを示して、後ろから抱きしめた体がゾクゾクしているように震え続けている。愛らしい呼吸が深く乱れ、両手で掴み取った胸が上下に揺れた。肢体の硬直と弛緩の波が差を大きくして、横から見つめてあげる潤んだ瞳が弄られる愉悦に細められていた。

「こみな……股を開いて……」

「へ……!? や、やだ! そ、そ、そこ、ああん、ダメぇぇ!」

片手で少女の体を揉み解しながら、もう片方の手を太股の内側に潜り込ませていった。素直じゃない恥ずかしがりやは男の膝の上でぎゅっと両脚を閉じて、女の子の大事なところを守ろうとする。

「俺にされるの、イヤ、か?」

「し、仕方ないから、はぁはぁ、されて、あげるけど、あん、こんな場所じゃ……、そこまでされちゃったら、あ、あはぁあん、抑えられなくなっちゃうからぁ!」

気持ちの揺れ動きを思わせるように、両脚は閉じていてもそれは力弱く、自由になっている両手の抵抗もない。そんな時はこの一言が効くようだ。

「頼んでいるんじゃない。命令だ」

「あう……うう……、調子にのって、す、好きにすれば……」

両手を後ろから伸ばしてむっちり牝然とした太股を捉えた。メイド服のミニ丈の内側はどこよりも熱く、蒸れた湿気が篭りきっている。こみなは口元に軽く握った拳を当てて、少し泣き出しそうな顔で股が開かれる瞬間を待っていた。

「はあ、はあ……、あん、やだ……」

ぐぐっと少し力を込めただけで、美少女の秘密は開かれる。時折吹く風が裾を揺らし、彼女の体から牝の匂いを立ち昇らせた。男の両手が太股の内肉をねっとり撫でて中心部へと這い進む。

「この先が、こみなの一番いやらしいところだ。ん？」

鼠蹊部の間近に迫って、ぬちゃ、と指先に滑る感触を覚えた。メイドの真っ赤になった横顔が俯いて、強い羞恥を示して体中を震わせる。

「だ、だから、ダメって……、私はちゃんと、そう……言ったんだから……」

熱い太股に発情した牝の露が滲んでいた。ぬちゅぬちゅした液体が絡みついてくる。

(えっと、ここまで溢れ出している、ということは……)

濃厚に蒸れきった美少女の股間。その艶肌を指先の滑りに任せて這い進ませる。

「あひゃん！　そ、そこ……ゆ、指が、あ、当たってきちゃうぅう！」

ぬちょ！　ぬちゅぬちゅ！　メイド少女のお尻と股間に張り付いた薄布はもうたっぷりと淫蜜を染み込ませ、ぐっしょりと全部濡れきっていた。

「おお、もう……こんなに……」

「ば、バカぁ！　言わないでよぉ……。うう……」

しっとりと粘性のある発情水を含んだ薄布をなぞる。指先に淫蜜を絡ませながら確かめると、ワレメだけを覆うくらいの小さなショーツだった。

「エッチなの穿いているね」

「あふ、はあ、だ、だって……あひ、やん……アンタが、クマさんって、馬鹿にするから、あ、あん！」

いじらしい乙女心を微笑ましくも思うが、逆に嗜虐的な欲望も湧いてしまう。

「こんなにいやらしく濡らしちゃうのに、こんなに生地が薄くて少なくっちゃ、吸いきれないだろう。いっそのこと、オムツでもしたらどうだ？」

薄布の上から微かに盛り上がった土手肉を摩ってやる。そこからでも、ねちょ、と牝蜜は指先を濡らしてきた。指先にささやかに生えている恥毛を感じ、ふと邪な計画を思いつく。

「ああん、やだやだぁ！　そんな趣味まであったのぉ？　変態ぃい！」

「まだ、そんなこと言うのか。お仕置きだ」

濡れショーツ越しのワレメに中指を添わせ、その上部から親指を近付ける。グリ、グリ！　と捉えた突起物を押さえ、ギュッと摘み上げた。

「そっ！　そこっ！　弱いの、ダメなの、敏感なのぉ！　ダメ、ダメぇえ！　ひっ！」

「ぁひいっ！　やはぁあん！　お豆が、お豆がぁああ！」

身を硬くしてビクビクと震え、苦痛に眉寄せる麗顔。堪らず両手で男の腕を掴み、必死で身悶えお尻でもがき、その柔肉で肉棒をズリ擦り続けた。

「あはぁあああん、お豆潰れちゃうぅう！　もう言わないからぁあ……っ。や、はああ、来ちゃうぅう！　何か来ちゃうううぅう！」

指間にヌチョヌチョが生暖かく広がっていく。ビクンビクンと小次郎の膝の上で小柄な体を跳ねさせて、

「あんんんぅっ‼」

淫蜜はお漏らししたように彼のズボンにぬらぬら滴った。

（まさか！　こみな、今ので……）

指先の中で大きく膨らんだ肉芽を離してやると、どっと疲れたようにまた身をしっかりと預けてくる。はあ、はあ、はあ……。愛らしく熱をはらんだ吐息を奏で、表情は余韻を愉しむように頬桜色に染めて蕩けていた。

「こみな……イッたのか？　お前、マ……」

「ち、違う！　……ちょっと、はぁ、はぁ、そこが、感じやすい、だけだもん」

本心を隠すように視線を反対方向に向けるメイド少女。顔全体が真っ赤になっていき、言葉と裏腹に反応はわかりやすい。ふふん、と笑って片手を彼女の股間から抜いた。

「虐められて、こんなにぐしょぐしょに濡らしたくせに」

ぺちゃ！　淫蜜に塗れきった掌を微乳に叩きつける。

「ひゃん！　や、やだ……エッチなお汁が、こ、こんなに……あ、あはぁ……」

揉みしだくごとに、くちゃくちゃといやらしく音を響かせ、ぬらぬらと乳房が愛液に塗れて光沢を持っていく。天然の蜜ローションが掌と微乳の間でねっとり糸を引いて、華奢な肢体が卑猥に染め上げられた。

「ほら、どうだ。こみなはドスケベだろ？」

「あふっ、はあ、違う、ってばぁ、あん、指が中に、や、やん、入ってぇっ」

ぬちゅうぅぅ……。ショーツの下縁に指先を合わせてぷにぷにした土手肉を軽く圧す。淫蜜の泥濘になったその熱い場所に潜り込ませると、すぐさま肉が割れて中心に押し込まれた。ぐちゅ！　ぬちょぬちょ……。

「ぁふうぅう、らめ、らめぇええっ！　ワレメがぁ、指に、感じすぎちゃうぅうぅっ！」

初めて触れたこみなの女は、沸騰しているように熱くて、ぬちゃぬちゃした柔らかい肉ビラの感触が指先に快感を覚えさせた。そこに意識が集中してしまい、弄びたくなる。

きっと一度軽いアクメを味わったはずだ。ただでさえ感じやすい彼女の卑肉が指先の些細な蠢きに対して鋭敏に反応し、ビクビク！　小次郎の胸の前で肢体が小刻みに躍る。

(凄い。こんなに感じて……。でも、敏感すぎ……？)

濡れて肉皮に張り付いたささやかな繊毛を摩り、中指は縦筋の内奥を堪能する。くちゅ、ぬちゅ、ちゅぷちゅぷ……。薄い肉ビラが指先を挟み込み、弄ばれるままに震えていた。ぬとぬと淫蜜が滴り続け、ねっとりと男の太股を濡らしていく。

「ふぁあっ、はぁ、はぁあ……、痺れて、熱いよぉお……」

とろんと美少女の瞼が下りて、快楽に漂っているようだった。閉じきれない愛らしい唇が震えているのが見えて、甘えさせたくなる。いつまでも弄りつくしたくなる肉裂から名残惜しむように手を引き抜いた。

「いやぁ、やめちゃ……」

本音を漏らす潤った唇。その先にどこまでもねちゃねちゃと糸を引き伸びる牝蜜を絡ませた指先を向ける。

「ほら、やっぱりドスケベだろ。嗅いでごらん」

ゆらゆら揺れる発情メイドの瞳に己の愛液でぐっしょり濡れた男の指先が映りこんだ。

「いやあ、あん、エッチな臭いぃいいい！　はぁ、はっ、はぁ……」

ぐちゅちゅ！　ぷっくりと柔らかな唇に押し当てる。

「んぷっ、ぁぷ……っ」

こじ開けるように指先を立てると、あどけなさの残った顔の口元が牝蜜に塗れ、涎を垂らしたように顎下に滴っていく。

「はぐ、ぁうん……ちゅぷ……っ」

命令するよりも前に興奮に突き動かされた愛唇が指先を口に含んだ。ちゅぱちゅぱと音を立てておしゃぶりされると、生暖かい舌先のこそばゆい感覚が気持ちよくて痴戯に酔いしれてしまう。彼女の性悦が唇と口内から伝わってきて、濡れきった粘膜が強烈に女陰を連想させてくる。もっと直接的な部分でこみなを感じたい。

「こみな……、その、なんだ。……入れたくなってきた……」

ぴくん、と小柄な身が一瞬痙攣したように跳ねて、動きが止まった。濡れた指先を唇から引き抜いてやると、唾液の粘糸がとろり胸元に落ちていく。

「こ、ここで、ハア、しなきゃ……ダメ……？」

横顔から視線を流してくる表情には戸惑いと羞恥が色濃く表れていた。

「俺のために、うん、と言ってくれ」

僅かに瞳が細められ、少女はまた視線を逸らす。

「ア、アンタにはいっぱい借りがあるから……。だ、誰か来たら、逃げるんだから……」

メイド少女の腰を浮かせて、その下でベルトを外してファスナーを開いた。下着をズリ下ろした途端に硬直しきった肉棒が女陰を目指して垂直にそそり起つ。M字開脚からお尻を上げていた彼女はその気配を感じたように顔を振り返らせ、切なげな瞳を向けてきた。

「そこから下着を脇にずらして、それから腰を沈めておいで」

「へっ！　む、無理ぃ……っ！　私……初めて……なんだってば。それ、大きいし……」

カーッとこみなの顔が真っ赤に染まっていた。

「そうだったな、わ、悪い……でも、俺……」

「こ、こんな時に謝ってるんじゃないわよ。……主人の命令なんだから……聞いて……あげるわよ。えと……っ」

ゴクンと唾を飲み込む音が聞こえた。ぎこちなくしなかやな腕が少女の股間から伸びて、その指先が優しく肉棒を捉える。

「ひゃっ！　やだ……、いつもより、熱い……。た、大木……」

「こみな……、その、無理しなくて、いいんだぞ」

本当は凄くさせたくて、ピクンと彼女の手の中で肉棒が揺れてしまう。

「だ、大丈夫……やってやろうじゃない。木登り、得意だから……ん……っ」

摩るような手つきで肉棒を押さえながら、もう片方の手で自分の下着の中心部を脇に寄せるこみな。くちゅ、と濡れたままの薄布がずらされ、とろとろの秘粘膜が夜風に撫でられた。ワレメ内から漏れていく淫蜜が、好物を前に涎を滴らせるように、肉棒に垂れて落ちていく。処女宮は素直に渇望しているようで、自らの指で肉裂をぱっくりと開かれると、一層濃厚な牝香が放たれ、内から桜色が充血した薄い花弁を覗かせた。

「えっと、も、もうちょっと……あんっ！」

ぬちゅ、くちゅ……。肉棒の先端が美少女の柔らかく濡れきったワレメに挟まれた。

「あくぅ、当たってるぅ、私のあそこに、はあ、は、小次郎が……」

可憐な美少女の生殖器に自分の肉棒が接触していると思うと、興奮はどんどん高められて欲求が募る。彼女から溢れてくる牝汁が肉幹の根元まで濡らしてくる様子も淫猥で、望んだ光景が仇となって自分から押し込めたくなってしまった。

（うう、思いっきり抱きしめながら、ぶち込みたい……っ。いや、我慢、ここは、こみな

の奉仕に任せるんだ）

タンポンすら経験のない処女には小次郎の肉茎はまさに大木のように映ったはずだ。

「くっ！　はぁ、うはぁ、こ、こんなの、本当に……入っちゃうのぉおっ？」

ぐちゅ！　ぬぢゅぢゅ！　それでも健気に肉壷を押し当ててくる。柔らかくて熱く蕩けた牝芯であっても、鞣《なめ》される前のきつい弾力だった。

「も、もう、はぁはぁ、少し……。うくぅ！　はぅぅうう！」

ぬぢゅぽ！　蜜液が放射状に飛び散る。ググッと先端が潜り込んでいき、

「うはぁああ！　入っ、あはぁ、入ってくるぅうう……っ」

ヌズズ！　ぢゅぼ、ずぬっ！　張り切った亀頭がすぐに処女膜を破り開いていく。

「こ、こみな……」

ミルク色のぷるんとしたお尻の位置が下がっていった。プルプルと体中の薄い脂肪を震わせて、メイドの眉間が寄せられてぐっと上がる。

「こ、小次郎がぁっ、きついぃいい！　きついけどぉ……っ、は、あああ」

ぬらぬら淫蜜に塗れた小さな肉裂が肉棒の大きさと形のまま円状に広げられ、結合部から漏れ出ていく潤滑油に鮮血が僅かに混ざり込んでいた。

（お、俺のが、こみなの中に入っていく。これで、一つに……）

締め付ける以前にもともと窮屈な処女宮の内粘膜が、肉棒の入り込んだ部分全てに張り付いてくる。この強烈な圧迫感は男にとっては至上の快感で、女にとっては身の内側から

破壊されるような痛みのはずだ。汗ばんだ少女体が震えている。

「うぐぅうう……、はあ、はあ、は、ど、どお。ちゃんと、ぅはぁ、できた、でしょ」

振り返る横顔から視線を向けて、額に汗を滲ませながら微笑むこみな。身を接触させるたびに、献身的な態度を見せ始めた彼女がどんどん可愛らしく思えてくる。

「こみな……、ハアハア、うっ、くうう！」

ぐにゅぐにゅと膣粘膜にある無数のヒダが不意に蠢きだした。肉棒に吸い付き、全体を舐め回してきて味わわれているような心地良い感覚が、そこから背筋を抜けて脳天までゾクゾクと走り抜ける。

「はあ、はあ、んっ、はぁ、どうした、の？」

初めて男を飲み込んだ少女は自分ではまったく気付いていない。

（な、なんて、気持ちいい……。吸い込まれていくみたいだ）

その壷内は男を悦ばせるために特化した造形と機能があった。そんなことがわかっていて彼女を専属に選んだわけではないのだが、これは嬉しすぎる偶然だ。

幸い締め付けがもともときついので、尿道が圧迫されて射精が止められそう。

「こ、こみなの中、とっても気持ちいいよ」

「あ、当たり前でしょ。くは、はあ、アンタには、も、もったいない、んだから」

褒めた途端にまた壷ヒダの顫動《せんどう》が活性化する。

（うっ、くうう、また……。こみなの中が喜んでいるみたいだ）

一つに繋がった感動とこの類稀なる極楽壷の感触を堪能し、しばらく二人は動かないし、動けない。そのお陰で処女を失ったばかりのメイド少女も、押し広げられる痛みに慣れてきたようだ。

「あふ、うん、な、なんだか、小次郎が、はああ、お腹の中で、熱くなってくる……。こ、このまま、ってわけにも、はあ、はあ、いかないし……、んっ、くはぁああ」

緊張による少女の体の硬さが消えて、震えは痛みのものとは明らかに違っていた。

「ふぁっ、ああ、こ、腰が、動いちゃう？　くはぁっ！」

ずぬ！　ズブズブ！　美少女のお尻が上下に男の腰を叩き始めた。それはまだゆっくりと小刻みではあったが、奉仕する者にも確実に性感を目覚めさせていく。

「あくぅう！　小次郎に、擦られてるぅう！　こみなの一番エッチな孔の、くはぁっ、はあぁ、中がぁああ！」

全身が過敏で愛液の量も多い女の子。徐々に膣内も蹂されてきて、ぬちゅぬちゅと淫蜜を掻き回して滑る。上下する尻肉の動きが徐々に活発化していった。

ぢゅぷ！　ぢゅぷぷ！　軋むほどに拡張された蜜孔が肉幹に捲り上げられる。激しく沈み込んではまた減《め》り込まされて、破られたばかりの処女膜が翻弄されていた。

「ぅはぁああ、き、きついぃいい！　きついのに、ズボズボ、止められないよぉおお！」

灼棒を体の奥まで飲み込んで、押し広げられながら突かれる痛みも悦びに変わっていく被虐と従属の体質。ズブブ！　ズン！　ズプズプ！　発情した小柄な体が男の腰の上で何度も跳ね上がる。強気な性格に隠したマゾヒズム。その片鱗を見せ始めているのだ。

「こ、こみなっ、い、いいよ、とっても……くっ、うう」

それだけ言ってあげるのが精いっぱいだ。可憐な女の子と繋がっているだけでも興奮し、無数の膣ヒダが吸い付き舐める名器に刺激されては、いつ噴出してもおかしくない。ここまで頑張れているのは単に主人の意地のお陰に他ならなかった。

(奉仕されているのは、お、俺の方、はぁはぁ、なんだから、我慢、しなくても……んっ?!)

「ふぇ？　な、なに？」

ガサガサと芝生の踏まれる音が聞こえ、人の気配を感じる。

小次郎は慌てて腰の上で身悶えだした自分のメイドの口元を押さえた。

彼女の汗ばんだお尻が沈み込み、しばし動きを止める。深い少女の呼吸に掌が湿らされ、小振りな乳房が上下した。ぷるぷる媚態が震える。

「ここから見える夜景が綺麗なんだ」

「まあ、本当に？　楽しみだわ」

若い男女の話し声が聞こえてきた。その楽しげな笑い声が徐々に近付き、緊張感に全身が包まれる。

(や、やばい！　どうする？　こ、こんな状態で、中断なんてできるのか？)

ゆっくりと慎重に美少女の口元から手を離していく。彼女も気付いているようで、乱れている呼吸をどうにか抑えようとしているのがわかった。

「んっ、くは……、や、やだ、見られちゃう……」

熱い肢体は宣言した通りには逃げ出そうとしない。気配が近付くたびにきゅるきゅる膣肉が肉棒を締め付けてきて、痛いほどなのに気持ちいい。

「ど、どうする、こみな……。やめるか？」

「こ、こんな時だけ、はぁはぁ、私に決めさせるなんて、んっはぁ、ずるい……」

二人の座った大木を挟んで後方にある気配は、会話から察するに夜景の見えるこちら側のベンチを目指している。自分の大好きなメイド少女との初めてをこんな形で終わらせたくはなかった。羞恥心を駆り立てられて、どこか恍惚とした横顔を見せる彼女に燃え上がる。

「よし、移動するぞ、こみな」

「えっ？　で、でも、はあ、はあ、う、動けないってば……、ひゃ！」

自分の腰に力を込めて、こみなのしっとり柔らかな太股を下から両手で持ち上げる。

「きゃっ、な、なに!?　や、やぁん！　やだぁ……っ」

美少女と生殖器で繋がったまま立ち上がる。彼女を大きく開脚させたまま、ちょうど幼児におしっこさせるような格好にして、木の幹に背を預けた。

「この状態で、ふう、隠れて、反対側に回るんだ」

ズシッと小柄な少女の体重分だけ余計に沈み込んでくる。

「くっ、はあぁ……。つ、突き刺さってるぅう。ひゃっ、あんっ……」

あたふたしたこみなの片腕はようやく男の手首を掴んで落ち着き、もう一方の手は口元を必死で塞ぐ。子宮孔を圧迫されて、もたれてくる彼女の背が仰け反った。

「あはぁ、こ、こんなの、恥ずか、うは、くふぅ……」

ぢゅぬ！　ずん！　ずん！　一歩一歩移動するたびに、硬直しきった男根がメイド少女の肉壷に強く衝撃を与えてしまう。膣圧は強く、ぐちょぐちょと濡れきっているのにしっかりと食い締めて、抜けていく気配すらなかった。結合部から滴る淫蜜がポタポタと落ちて雑草に露をつけて、移動の軌跡を残していく。

「あふ！　ひゃん！　あはん！　だ、だめ、そんな、やっ、こ、声がぁ！」

夜景を見に来たカップルが大木の脇を通り越していく。唇で曲げた親指を噛むようにしながら、下からの突き上げのたびに漏れそうな声を殺すこみな。

「ふぐぅ、あん！　うっ、んうっ……」

指を越して出てしまう吐息は熱くて甘く小次郎の耳に届いた。唇に挟まれた親指が唾液に濡れて、羞恥に染まる頬と潤みきった瞳からはもはや初体験の痛みは感じさせない。ちょうどベンチの反対側で移動を止めたその時、カップルの話し声が聞こえてきた。

「ねえ、何か聞こえない？」

「んっ？　猫か、何かじゃないか」

幼女がおしっこをさせられる格好のままメイドはビクッと身を震わせた。きゅうと膣肉が締まりこんで、肉棒に吸い込まれるような感覚を与えられる。そこから粘膜ヒダが舐め回すように顫動を激しくして男に媚びる動きで甘えてきた。

「こ、こら、そんなに、締め付けられたら……」

「ふえ？　や、やだ。そ、そんなことしてな、あん！　つ、突くなぁっ」

「お、お前の方が、うっ！　ふう、お尻揺らしてるんじゃ、くっ、はあ」

ぐぷぅっ！　美少女メイドの中で強張りが一段と伸びて硬さと膨張を増していく。射精したようにビクンビクンと跳ね動いてしまい、きつい締め付けがなければもう爆発させていたかもしれない。

「あはぁ、はあ、気付かれちゃう、んうう、気付かれひゃうぅう！」

グリグリとどちらからともなく結合部を擦り合わせていた。

（こ、このままじゃ、生殺しだ……）

強い興奮状態だけを募らせて、どんなに声を忍ばせても、はあ、はあ、はぁ……、息遣いが荒く夜闇に響いてしまう。

「私、も、もう、はぁはぁ、激しいの、欲しいぃいい！」

可愛らしくもそそられる肉付きのお尻が、男の腰の前で躍りだす。

ぐぢゅ！　ぬぷぷっ、ぬっぷっ！　肉棒の太さのまま押し広げられたワレメから、ぬちょぬちょ、とろーり、と牝汁が溢れ出して、納まりきれていない陰茎の裏筋をなぞりながら滴り続けた。初めてなのに淫乱な発情状態に陥る美少女メイド。主人と認めた者から与えられる肉内の痛みが、屋外セックスの羞恥が、第三者に見られてしまうかもしれないスリルが、狂おしいほどに肉悦を求めさせる。

ズンズン！　ヌズズ、ジュプッ！

「こみな、はぁはぁっ、これじゃ、だ、出すまで、止められない」

ゆさゆさ小柄な体を揺らして、下から欲求のまま突き込んでいく。

「うはぁああっ！　私も、だめぇええ、もう抑えられないぃい！　聞かれちゃうぅう！わかっちゃう！　見られちゃうぅううう！」

ぐちゅうっ！　ぬぶぶっ！　痺れきった肉棒が苛烈に少女粘膜を削ぎ抉る。揺さぶる激しさのまま、赤茶色の艶やかな髪が目の前で大きく振り乱された。もう口元に手を置いてはおけず、こみなは両手でギュッと男の手首を握り締める。

「くはあ、気持ち良すぎるよ、こみな！」

発情したマゾメイドの小振りな乳房がぷるぷる何度も上下に揺れて、ミルク色の柔肌から珠の汗を噴出していく。きゅるきゅるとまだ締め付けるのに、淫蜜が濡れきった摩擦音を猥褻に奏でた。彼女のお尻の下は牝汁に塗れてそれが滝のように滴り続ける。

「ひゃうっ、変になりゅう！　オマ〇コ壊れっ、やはぁぁっ、あひっ、ひいぃッ！」

ぢゅっぷ！　ぐぷぷっ！　本当にぶち抜くように下から突き上げ、ぷるんぷるんと尻肉を跳ね揺らす。メイドは等身大の生きたオナ玩具になっていた。その肉の玩具は主人の欲望に官能を高め、堕ちていく悦びに尻を振りまくる。

「くはぁっ！　ぁひゃあぁああ！　激しっ……すぎいいいいっ！　お腹、ふわふわしてぇ！　あぁあ、溶けちゃううう！　んんんっ、変になっひゃうう！　はあ、はあっ、怖いのにぃいい、気持ちいいのおお！」

可憐な顔は、恍惚としているのに泣いているようでもあって、自分の身の内に起きている初めての感覚に戸惑いを隠せない。涙を流しながら悦んで、もう近くに誰かがいることなんて忘れたように彼女は叫んだ。

「もっと、もっりょっ、ズボズボしてぇえええ！　そっ、そこをぉっ、ぁひゃあっ、は、っひぃいいいっ、あっ、あんっ、んはっ、きゃはあああ！」

膣の絶頂を初めて覚えようとしているのだとわかった。グシャグシャ掻き回される結合部から牝汁が飛び散って、メイドの淫蜜で主人の下腹部はぐしょ濡れになる。

「っぷっ、はあ、ズンズン来ひゃうぅうう！　いっ……いいっ！　ふきゃいぃいいい！」

昇り詰める快感が未知への恐怖を凌駕しているはずだ。

「い、いいんだ、こみな。はあはあ、そ、そのまま、イッて、イクんだ！」

膣圧を押しのけるほどに、大量の精液が爆発しようと溜まりこんでいた。我慢の限界はとうに超して、肉棒は痺れきっているのに、気持ちいい、が際限なく昇っていく。

ジュプッ！　ズプズプブゥウッッ！　牝尻が狂ったように暴れていった。

「あひぃいっ！　オマ〇コっ、上ってきひゃううう！　い、いいいいい！　ぐちゃぐちゃ、っはあ、ぃ、イっ……、くっ……うううっ、イク、クぅ……うっ、イク、イク、イクううううっ！」

淫乱マゾの本能のままに乱れきった愛らしい肢体。幼女のおしっこの格好で、ビクビ

ク！　悶え身を躍らせ、ぶしゅっ、ぶじゅぅぅぅっ！　絶頂と同時におしっこをしぶきあげた。それが芝生の上に降り注ぎ、跳ね飛び散る。

「れひゃっ、れちゃうっ！　ぁふぁっ！　あはぁあぁ、き、きもひ……いいっ、ひゃっ！　ひゃあぁあっあぁあっ！」

全身を弛緩させた奉仕牝の役割はまだ終わってはいない。主人は先にイったメイドにお仕置きするように苛烈な欲求をぐしょ濡れたマゾ牝女陰に叩きつける。

「ぅひぃぃ！　まらイクぅううう！　許ひっ、ふぁっ、ぁふあ……っ、ゆりゅひてぇっ、イグぅううっ！　イッひゃうぅううう！」

ズン！　ぢゅぶぶ！　射出の欲求は頂点を迎え、亀頭がぬちゃぬちゃに舐め締める膣内で一気に膨れ上がった。

「こみな、出すぞ！　うおおお、出る出る出るうううう！」

どくん！　どびゅるびゅる！　どぶ、どくどく！

亀頭が大きくこみなの中で暴れて、大量の牡液を噴出した。二人の腰がガクガク震え、それでもまだ止められない。ズンズン、最後まで搾り出そうと足掻き突き上げ、

ぷしゅ、ぷしゅ！　そのたびにワレメからおしっこが飛び散り続ける。

「あふあぁっ、ああ、あっ、あっ、な、中に……ひっぱ、入ってくるうぅう！　どろどろぉっ！　はつひいっいい……っ！　いっ、いいのぉ〜っ！」

震えるアへ顔の濡れた唇から涎を垂らして蕩ける牝メイドこみな。

「はぁ、はぁ、はぁ……」

脳内が呆然と快楽一色に染められながら、心地良い疲れに襲われていく。ずるずると木の幹を背中で滑り落ちて、胸の前に熱い少女を抱いたまま座り込んだ。

小柄な体重が余韻に浸るように身を預けてくる。ずっと繋がったまま小次郎は汗濡れた媚態を後ろから抱きしめた。

少し離れた場所から声が聞こえてくる。

「うわあ、あの二人、凄え……」

「ねえ、あの女の子、駅前の喫茶店にいた子じゃないの？」

項垂れた状態のままピクンとメイド少女の体が震えた。小次郎は嬉しそうに笑った。自分のメイドがどれほど魅力的であるのか、自慢したくて仕方がなかった。

# 第四章　お仕置きと地下室と調教と

なぜだろう？　書斎のデスクに腰掛けた伯父は真剣な表情のままこちらを見据えている。だがどうしても気になる。その口元が時折ピクピクと痙攣していた。彼の隣に寄り添っている涼子の頬は徐々に膨らみ、眉間に皺を寄せた瞬間背を向けた。

ぷっ……。

（えっ⁉　今のって……）

公園で一夜を過ごせたのはこの季節のお陰だろう。疲れきって添い寝して、昇ってくる日の光と共に目覚めての朝帰り。館の門をくぐった時にも緊張したが、この書斎に足を踏み入れた瞬間の身の引き締まる思いは、そう何度も経験したくはないものだ。厳しい罰を覚悟して、この放っておけない本当は繊細なメイドのために矢面《やおもて》に立とうと決意していたが、隠せない緊張状態に足が震えていたのも事実だ。

「小次郎……顔を洗って出直してこい」

「ちょっと、待ってください。こみなの件は俺に責任が……」

「だから、有川君ではなく、お前に言っているのだ。頼むから、顔を洗ってこい」

「はあ？」

顰めた実篤の顔が神妙にこちらを見ている。だがいつもの迫力が今一つなかった。時折視線が逸れて、やや上の方に流れた。後ろでは涼子が壁際で肩を震わせている。決して泣いているわけではない。壁を叩いた。

（えっ？　ツボ？　……何が、おかしいんだ……？）

隣のメイドは繕った顔をしている。むしろ緊迫するであろうこのシチュエーションで澄ましていた。細めた濃紺色の瞳がチラリとこちらに向かれる。

「とりあえず、顔洗ってきたら」

「あ、ああ……」

数分後、小次郎はトイレで絶叫していた。


伯父から言い渡されたペナルティは思いのほか軽いものだった。こみなは職場放棄の罰として別館にて一週間の謹慎。小次郎は勝手な外泊の罰で館内の清掃業務だ。この間、二人は一緒に過ごすことを許されない。

青年主人はムスッとしたまま一階の食堂へと向かっている。こみなと共に遅い朝食をとるためだ。その後、当分二人は離れ離れになる。

「なに、まだむくれているのよ。私の愛用のモップ、貸してあげるって言ってるじゃない」

「お前なぁ、本当に俺の額に書く奴があるか！」

小次郎の眉間の上にはまだうっすらと口紅で書かれたZの跡が残っている。

「よかったじゃない。お陰で、和やかな雰囲気ですんだんだし」

「良くない。全然良くないぞ。くそ、なんかいい罰はないか？」

「ああ、はいはい。アンタはこれから散々私の体を弄ぶんだから、少しくらい私がアンタを玩具にしたって怒らないの。それに……」

隣を歩く少女の顔が少しだけ赤い。チラッと一瞬だけ視線を送ってきた。

「それに、わかりあえるって思える相手にしか、こんなことできないでしょ」

まったく相手にしない。そんな態度をしていた彼女の口角は今、少しだけ上がって柔和に見える。

「まったく、お前って、結構大胆な奴だったんだな。よく伯父貴にどやされなかったよ」

「ああ見えて、御当主様はお優しい方なのよ。立場上厳しい態度をとってはいるけどね。それに私がアンタに悪戯したことでホッとしたみたい。私達がいい関係を築けたと思ってもらえたようだった。アンタと御当主様の関係もちょっと良くなったみたいだし」

「こみな……」

全て彼女の計算だったのだろうか？　小次郎は小柄なメイドの頭を尊敬と感謝を込めてクシャクシャにするように撫でた。

「ちょ、な、何すんのよ。こ、子供じゃないんだから」

「いいだろ、ちょっとくらい。しばらく触れないんだからさ」

小声で「バカ」と呟くメイド。どこか照れくさそうな様子に優しい気持ちが湧いてきた。

食堂に入った途端、いつもとの様子の違いに小次郎とこみなは不思議そうに顔を見合わせた。十人程度のメイドが集まってちょっとした人垣になっている。零れ見えてくる彼女らの表情は不安と哀れみに曇っているようだった。

「なんだろ？」

「んっ……」

二人の接近に気付いたメイドが縋るような瞳を向けてさっと道を空ける。その向こう側には唖然とする光景が待っていた。

「ひっ！　ま、また動いて、あうぅっ、はあ、はあ……」

栗色の髪の少女が歩いていた。ソックスと靴、カチューシャを除けばあとは何も身に着けていないほぼ全裸の状態である。美麗の顔が蒼白で額から脂汗を滲ませていた。フラフラと歩くたびに豊乳がぷるんと揺れて、だが小次郎には情欲的な感情が起こってはこなかった。剥き出しに晒された彼女の股間で、くねくねと長くて黒いものが蠢いている。全身に痛々しい鞭痕を刻まれ、それは真新しく血さえ滲んでいた。

「夕貴……。あれは、鰻か？　これって、調教……？」

隣のメイドがギリッと唇を噛んだ。肩がわなわなと震えている。

「調教？　あんなの、拷問よ。夕貴はね、ああいう長くてぬるぬるして、うねうねした生き物が一番苦手なのよ！」

少し涙ぐんだ瞳が、女陰を生きた鰻に陵辱される彼女の主人を見つけてキッと睨みつける。彼は鞭を握り締め、冷笑していた。怒りにグッと少女の瞳が吊り上がる。直情的に走

り出し、近くにいたメイドのモップを奪って、

「西日雀清彦ぉっ！　うおおおお！」

凶器を大きく振りかぶって突進してくる形相に気付いて、彼の顔が恐怖に歪んだ。

「ひぃ……っ」

「こみな！　よせ！」

すんでのところで、小次郎は彼女の手首を掴んだ。清彦はその場にへたりこむ。

「放して！　こいつは一度痛い目に遭わせなきゃいけないのよ！　放して！」

「俺がよせって言っている。命令だ！　こみな！」

暴れる小柄な体がようやく動きを止めた。ブルブル震える小さな彼女の手からモップが落ちる。俺に任せろ。そう言うようにメイドをギュッと後ろから抱きしめた。

「あ、有川こみな……。は、はは……。そうか、戻ってきたのか」

まだ顔を引き攣らせたまま清彦は立ち上がって近付いてくる。

「……清彦。いったい、何をしている？」

じっとこみなだけを見つめていた従兄弟はようやく気付いて小次郎を見た。

「や、やあ、小次郎君。何って？　見ての通りさ。夕貴に罰を与えている。あの鰻をオマ○コだけで盥《たらい》から盥へと運ばせているのさ」

「彼女がああいったものが苦手だって、知ってるのか？」

「ああ、もちろんさ。だから、罰、なんじゃないか。僕の言いつけを守れなかった、ね。

小次郎君には思い当たることがあるんじゃないかい？　昨日の夕方……」

抱きしめていた小柄な体が今にも飛び掛かりそうだ。小次郎はなだめるように両腕に力を込めた。そして心配そうに夕貴を見る。

（あの顔……。涼子さんが、俺から鞭を受けた時や、伯父貴に磔にされた時とは、まるで違う）

ふらふらとまだ従順に命令を実行しようとする夕貴。一瞬だけ目が合って、辛そうに顔を歪め、次の瞬間には、心配しないで、そう言うように笑ったのだ。

「ア、アンタなんかに……。アンタなんか、絶対にこの館の当主にさせない！」

清彦を睨みつけたままこみなの手が小次郎の腕をきつく握ってくる。

（こみな……。そうだ、俺は……）

「そうでしょ、小次郎！」

「ああ、そうだ。俺が、西日雀の当主になる！」

清彦が一瞬たじろいだ。小次郎は彼を強い意志で見据えながら再び強く少女を抱きしめた。自分だけのメイド。彼女と共にあれば、ずっと高みに上っていける気がした。

一週間なんてあっと言う間だと思ったのは最初の二日くらいだけだった。小部屋から彼女の寝息が聞こえない夜は寂しすぎて堪らず、かえって眠れなくなる。三日目には煙草の切れたヘビースモーカーのように落ち着きがなくなって、どうやらこみな中毒になっていたのだと気付いた。十日ほどずっと寄り添い過ごした間にそんな体にされていたようだ。四日目に入ると、とうとう小部屋を空けて彼女の残り香を探す始末で、傍から見れば完璧な変態だった。その行動も良くなかった。勃起した。美少女メイドのいつも寝ていたベッドシーツに顔を埋めただけで我慢できなくなってくる。さらに落ち着かない原因がもう一つあった。

（た、耐えろ、俺。こみなにも言いつけてあるんだから……）

別れる前に言いつけておいたのは、オナニーの禁止だった。

『はっ？　何それ？』

『だから、離れていても、一緒に頑張っているって思いたいんだよ。やっぱりこういうのって心の繋がりが大事だろ』

『アンタとの心の繋がりなんて、微塵も感じないけど、まあ、言うこと聞いてあげる。で、なんでそういう命令になるわけ』

『謹慎っていうとさ、やっぱり貞淑に過ごすっていうイメージだろ』

『わ、わからないでもないけど……。まっ、私は絶対大丈夫だけど、アンタはねぇ』

『なんだその疑いの目は。心配いらん。スケジュールは掃除、勉強、掃除、健全だ』

だが、どこからか漏れたのか、他のメイド達の知るところとなり、五日目辺りから散々からかわれるはめになる。やたらと体を接触させてくる者もいれば、どうやったら捲れるのか不自然なチラリズムで下着を見せ付けてくる者。果ては部屋まで押しかけて、服を脱いで『お背中流させていただきます』とシャワールームで肉のスポンジになる者まで現れる。

(か、勘弁してくれ……。狂ってしまうって)

小次郎がこみな以外に決して手を出さないとわかっていることと、煩型《うるさがた》のメイド長がこみなのいる別館に行っていることもあって彼女達はやりたい放題。どうやら彼が本当に我慢し続けられるか賭けているようで、毎朝ゴミ箱と下着をチェックされているようだった。

とうとう六日目のディナーでは濃厚な精力剤入りの食事が出される始末。

(料理長のおっさん、あんたもそっちに賭けてるのか⁉)

そして七日目――。

「やっと、あと一日……」

あそこは始終ビンビンなのに、頬はげっそりこけてしまった。ここ数日、満足に眠った記憶がない。

「ああ、何でこんなことに……。こいつはずっと起ちっぱなしで、おしっこもし辛いし、歩きにくいし、人の目は気になるし……」

今日の朝食にも何やら怪しげな物が入っていた気がする。ずっと誰かの監視の目があるようで、屋敷内のほとんどの人間がこのお馬鹿な賭け事に参加しているようだった。

部屋に篭ってしまうのも手だったが、それだと余計に募ってしまうので、外で体を動かすことにした。今は適当なことを探して回っている最中だ。やや前屈みで。

「あら、小次郎様、どちらに行かれるのですか？」

かなり艶っぽい声が聞こえてきた。恐る恐る振り返る。

「りょ、涼子さん」

にっこり微笑みかけてくる彼女は露出の高い専属用のメイド服を身に着けている。

(ま、まずい。この状態で、貴女は非常にまずいんです)

ゆっくり歩き近付いてくる彼女の乳房は大きくぷるんと揺れて、男の視線を外させない。たわわな肉果実の感触は一度味わったこともあり、そのせいもあってか余計に美味しそうに見えてしまう。男の本能が逃げ出すのを許さなかった。

「ふふ、あと一日ですわね。そろそろ、こみなのことが恋しくて堪らない、といったところでは？　あの子はまったくそんな素振りは見せませんけど……」

「へ、へえ、そうですか。いや、お、俺だって、全然、平気ですよ。あはは……」

溜まりこんでいるせいか、いつもよりも近付いてくる彼女から牝の芳香を強く感じてしまった。さらに追い討ちをかけるように歩くフェロモンといった彼女は言ってきた。

「そうそう、先程別館に行って、こみなの様子を見てきたのですが、そのさい、ちょっとした物を手に入れまして……」

「ちょっとした、物、ですか？」

必要以上に体を近付ける涼子。

「はい、これ。こみなのさっきまで穿いていた可愛らしいクマさんのパンツ、ですわ」

見覚えあるそれは間違いなく彼女の物だ。

「ぬお！　こ、こ、こ、こんな物がどうしたって言うんですかぁ？」

完璧に上ずった声をあげていた。

「あら、こみな恋しかろうと思って、強引に脱がせて奪ってきたっていうのに。さあ、ご遠慮なさらずに」

無理やり握らされたそれはまだ生暖かくて生々しい。全身が震えを起こし、血走った目で思わず広げて見てしまった。随分と長い間愛用してきたのだろう。陰部に当たる部分が微かに染み付いて変色していて、そこから甘酸っぱい少女の香りが匂い立つ。

「ささ、すぐにでも、お使いくださいませ。我慢は、体に毒ですわ」

妖艶な企みの篭った瞳に気付かされる。

(涼子さん、まさか貴女まで……)

ハッと気付いた。辺りから不穏な視線が無数向けられているではないか。どっと体から汗が噴出してくる。この包囲網をどうやって突破する？

「あら、随分と汗ばんでいらっしゃいますわ。そうだ。これから手の空いているメイド達も一緒にプールなどいかがですか？　さ、さ、ご遠慮なさらずに。あっ、何なら、ご一緒に更衣室で着替えます？　小次郎様の水着は私が用意しますから。オーホホッ……」

襟首を掴まえられて、ズルズル引き摺られていく小次郎だった。


一方、こみなは——。

別館での仕事といっても、実は大してすることなどなかった。と言うよりも、むしろメイドらしい仕事を何もさせてもらえない、のが正しい。昼間はメイド長の笹尾麻里と共に部屋でずっと二人きりなのだが、

「あの、メイド長……、何をされてます？」

「んっ、何っふぇっ……」

ちゅぽ、ちゅぱちゅぱ……。

「んっ、はあ、見ての通り、フェラチオの練習よ」

眼鏡のメイド長が両手に握り締めているのは、黒い大きめのディルドで、それは彼女の唾液でもうぐっしょり濡らされている。机に座って読書させられていたこみなを尻目に、大きく湿ったおしゃぶり音を立てていた。チラチラ視線で追ってしまう。

(うう、毎日毎日、この仕打ちはなんなの！)

読まされている本のタイトルは『縄悦の露出美少女』だ。ちゃんと読んだか、あとでレポートを書かされることになっている。話の先に進むごとに内容は過激になって、こみなはつい太股を擦り合わせたくなったが、それすらオナニーになってしまうのではないかと思って我慢していた。

するな、と言われれば余計に意識して疼いてしまう。別にアイツのためなんかじゃない。あんな変態でも自分の主人である以上、命令には従う。

「あら、皆、プールで泳いでいるわよ。いいわね、気持ちよさそう」

「へ、へえ……」

「小次郎様も、いるみたいよ」

ビクっと体が震えた。

「そ、そうですか。皆、涼しそうでいいわね。ああ、ちょっと私も、涼しそうな光景が見てみたいなあ」

完全な棒読みで喋りながら、ロボットのようなぎこちない動きで移動する。窓に到着した途端、ささっと齧り付くように見てしまった。

「ぬぉあ、これは……」

別館の二階にプールではしゃぐメイド達の声が届いてくる。キラキラ輝く水面が水しぶきをあげて、ビーチボールが跳ね上がっていた。そんな中で若い男性は一人だけ。黒い小さめのブーメランを穿いて、遠目からその胸板とこんもり盛り上がった股間を見取った。

ニヘラと口元が歪んでしまう。だがその次の瞬間、眉尻が吊り上がった。

細身のくせに意外と逞しい二の腕。それに同僚がピタリと張り付いて、自分の何倍もあろうかというたわわな脂肪の塊を押し付けている。

「なっ！　なにデレデレしてんのよアイツ。ちょ、絵美ってばどこ触って……。こらつかさ、顔近付けすぎでしょ！」

水中の小次郎は両手に花の状態で、透き通った水面の下では大胆な水着を纏った二人のメイドの脚部が絡みついていた。普段こみなと同じようにモップを握っている手が今は男の棒状の隆起に伸びて、その辺りから怪しい波紋が広がっている。

「あの男、人には貞淑に過ごすように言っておいて……。どう、復讐してやろうかしら。水責め、火焙り、重石なんてのもいいわね。ふふふ……」

一人のメイドがダークサイドに堕ちていく。


明日がどうしても待ち遠しくてその夜は早々とベッドに入り込んだ。度重なる刺激の嵐もここまでくればもうあるまい。念のためドアには鍵をかけておいた。ここ数日の眠れぬ夜と違って意外にも簡単に思考が霞んでいく。その日は本当に静かだった。

カチッと鍵の開けられる音が聞こえる気がした。意識が深く沈み込んでいく最中であって簡単に無視してしまう。人の気配を感じたようにも思えたがなぜか安心しきってそのままにした。

ふと唇に触れるものを感じる。誰……だ？　ようやくその言葉だけが浮かんだ。

薄目を開けた霞んだ視界が不意に焦点を合わせた。優しげな笑み。潤ませた紺色の大きな瞳。

小次郎は飛び起きた。

「こみな！」

一瞬びっくりしたように目を丸くしていた少女は、次にはフンとそっぽを向いていた。

「なに、一人で勝手に寝ちゃっているのよ。戻ってきたらどんな復讐してやろうかと思っていたのに、そんな寝顔見せるから、つい、血迷ったことしちゃったじゃない。ああ、何でであんなことしたの私？　ストレス？　ええきっとそうよ。それ以外に思い当たることなんてないもの……」

「ブツブツと呟くように一人で喋り捲るこみな。その横顔を見つめながら、こんなにも会いたかったのだと気付かされる。

「えっと、こみな……」

「何よ」

「明日にならないと、戻らないんじゃ……」

メイドはハア、と呆れたように溜め息をついた。

「やっぱ、勘違いしてたんだ。日付が変わったら、もうペナルティは終わりなのよ。まったく、こんなのが私の主人かと思うと、何であんなに嫉妬したのか……」

まだ呆然とした頭で彼女の言葉を小次郎は聞き流していた。何だか頬の赤らんだ美少女の顔に溜め込んだ欲求がゾクゾク刺激させられる。

「こみな……、キスしたい」

「ちょ、戻ったばかりだってのに……」

真っ赤になってメイドの瞳が見開かれる。そこからまた目を細めて、視線を横に流した。

「いいよ、主人の命令だし……」

ベッドに腰掛けるように向かい直った青年に小柄なメイドは少しだけ緊張した面持ちに

変わって近付いた。

上目遣いで潤んだ瞳が向けられてくる。彼女の方からも求められているような気がしたし、こちらが強く求めているのは言うまでもない。男の強張りは始終硬直したままだった。

向かいあって美少女メイドの太股が乗ってくる膝抱っこの状態になった。お互いの息が感じられるほどに顔が近寄って、それ以上の言葉はいらず唇が引き寄せあった。

ちゅ……っ、最初は優しく触れあったのが、重なったその瞬間に燃え上がった。

（こんな、しっとりとして……柔らかな、唇。とても、熱い……）

柔らかな唇を感じた途端に肉棒が硬直を増す。小柄なぷにぷにした体を強く抱きしめると、滾ったそれはふわりと広がったパニエの内側に当たって、互いの熱さを確かめていく。

「あふ、ぅんっ……くちゅ、くちゅ、んっ……」

甘ったるい声を漏らした愛メイドは、薄布一枚越しに硬直した膨らみを堪能して蒸れた股間をグリグリと押し付けてきた。離れたくないと訴えるように男の背と腰に回したしなやかな両腕に力が込められる。鼻から漏れる互いの息遣いを頬に当てあい、それだけでどんどん興奮は高まっていった。

ぬちゅう……。どちらからともなく舌先を進攻させていく。啄ばみあう唇の隙間から潜り込ませ、入り込まれ、待望の粘膜の接触を餓鬼のように味わった。彼女のささやかな乳房の膨らみの先端が青年の胸板を突いてくる。

（もう、こんなにコリコリになってる……）

擦れるのが気持ちいいのか、こみなのお尻は主人の太股に乗ったまま何度も上下する。全身でズリ合わせるようにして甘える彼女の股間は、ずっと強張りから離れなかった。

「あん、はぁぁああ……んちゅ、ちゅぷっ……」

陶酔したように牝肉が蕩けていくのがわかる。唇の周辺が性器になったように感じて、キスというよりもセックスをしているような気分だった。堪らなく求めあう。少女の中に侵入させたベロが、ぬちゅぬちゅ、口蓋を舐めつくしていくと、彼女のそれが舌腹に巻きついてくる。

「ふぁっ、んっ……、くちゅぅ、ちゅぅ……」

ちゅちゅ、ぬちゃ、ちゅぷ……。脳内に響くいやらしい粘膜の摩擦音に逆上せ上がってしまう。互いの口内への舌先の抜き差しを苛烈にさせて、犯しあい、唾液で汚しあう。二人の口元から涎が漏れてもお構いなしに口姦を続けるのだ。

「くちゅ、んっ、はあ、はあ、もっちょっ……んっ……」

ぬちゅ、ぢゅちゅちゅ……。舌を絡みつかせながら興奮した相手の荒い吐息を吸い込み、舌ピストンで高めあう。何時までも粘膜接触を続けたい気分で、唇を一旦離しても、舌先だけをペロペロ擦りあわせていた。下半身が痺れてフワフワと浮遊感に包まれてしまう。

「ぁはあ、はあ、はあ、んっ、はあ……あふぁあ！」

腕の中で美少女メイドの体がキスだけで本当にイってしまったようにビクビクと震えた。とろんと瞼の下りた大きな瞳が彼女の快感を物語っている。唇を離した途端にギュウとまた強く抱きついてきて、男の首筋に顔を埋め、深い呼吸を続けていった。

「はぁはぁ、はぁ……。やだ、感じすぎちゃって……」

「うん、俺も……」

モゾモゾと少女のお尻が揺らされるたびに、ぬちゃぬちゃと滑る接触音が聞こえてくる。もう下着をぐっしょり濡らしているようで、濃厚な蜜の香りが芳しい。

「ア、アンタがいけないんだから……。あんな命令するから……」

よほど恥ずかしいらしい。赤らんだ横顔はまだ上げられない。

「か、可愛い……。こみなぁ！」

「へっ！　きゃっ、ちょ、ちょっとぉ……っ」

ベッドに押し倒した。真下に驚いた顔をしたこみな。頬の赤らみはまだ消えず、すぐに瞳を潤ませていく。

「約束して。……絶対当主になるって。ううん、私がアンタを当主にするから」

「ああ、俺は、お前じゃなきゃ、だめだ」

一週間ぶり、そして二度目のエッチだ。パニエの内側に手を潜り込ませ、もうぐっしょり濡らしてしまっている下着を脱がす。感動と共に彼女の秘部をその目に確かめたその時、(そういえば、額に悪戯された仕返ししてなかったな)

邪な罰を思いつく。ただ、この瞬間は滾る想いを抑えることはできなかった。

本当にするの？　そんな訴えるような瞳がこちらを見つめていた。

本格的に調教を始めてから三日目。いかにも夕立がやってきそうなそんな午後の自室でのことだ。

専属メイド服のミニ丈を捲り上げさせ、クリップで固定している。モロ出しにさせた彼女の股間とお尻には今覆っているものは何もなく、露になった薄い繊毛が微かに震えている。立った状態で膝を僅かに曲げさせ、少しだけ股を開かせた。破廉恥で下劣な姿にメイドの頬は真っ赤に染まっている。

「頼む。やってくれ。調教の証として、必要なことなんだ」

おふざけのない真剣な表情で見つめてやると、泣き出しそうな顔が、仕方ない、と納得したように眉を顰めた。

「や、やればいいんでしょ。んっ……、こ、ここの処理なんて、初めてなんだから」

最近こみなの扱いのコツがだいぶ分かってきた。小次郎はこっそりと顔を背けてニンマリ笑う。

メイドの手には剃刀が握られていた。彼女が名残惜しそうに見つめる僅かに膨らんだ土手肉には、ささやかに茂った恥毛があって、そこは先程主人から放たれた白濁の精液でべットリ塗れている。天然のシェービングクリーム。その上端に刃が当てられた。

「ん……っ」

ジョリ……。刃面にねっとりと、淫水と剃られたばかりの繊毛が張り付いた。下品な姿を曝け出しながら、自ら成長の証を取り除いていく。陰唇の肉肌が露出する羞恥に少女は身を震わせている。

「やだっ……。こんな……、ぁんっ、はぁ……」

ジョリ、ジョリ……。過敏に感じやすいメイドは淫肌を流れる冷たい感触にさえ悦楽を覚えているようだった。覆われていた縦スジが外気に晒されて、牝の本体が現れる。小柄な彼女にあってはなおさら背徳感が高まって、いやらしい剃毛姿にも主人は興奮を覚えていった。

「ほら、よく見てごらん。産まれたままの姿になった、こみなの女の子……」

姿見の前に立たせてやる。一番いやらしい牝部だけを露出させ、そこにはもう、おざなり程度にも覆い隠すものは何もない。鏡越しに見えるメイドの表情。一度ハッとした後、逆上せたように赤らんで、ボーと見つめては、はあ、と一つ甘ったるい息を吐いた。

「こ、こんなの……、変態じゃない……。んっ……」

「ここまでさせた、ってことに意味があるんだ。それに、ほら……」

「ひゃっ、ぁ……だ、だめ……」

後ろからほんのり熱ばんだ小柄な肢体に張り付いた。腕を伸ばし、外気に晒されたばかりのスベスベした土手肌を摩ってやる。

「だめだって……はあっ、ん……っ、そこ、まだ……」

侵入を拒むようにギュッと太股が閉じられる。恥毛に守られていた部分は、今や直接指先の刺激をダイレクトに感じて、過敏にビクッと反応してしまう。剃りあげられたばかりでピリピリしていたようで、優しいなぞりがどうしても心地いいのだろう。

ぬとぉっ、と肉の切れ込みから淫蜜が漏れてきて、指先に纏わり付いてきた。

「ぅ……ふあっ、やだ、いつもより、指っ、気持ち……いい……」

本音を漏らしてしまう湿った唇から、はあ、はっ、はあ、吐息が断続的に吐き出された。

「エッチなワレメの反応がよく見えるよ。さあ、そいつで、気持ちよくしてくれ」

腰を屈めて肉棒をたぷんとした尻肉の隙間から差し込んだ。愛らしい彼女に既に勃起しきった強張りのカリ首は、ぐにゅ、ぐちゅ、と濡れだしたワレメに吸いつくように挟み込まれる。

「ひゃっ、やんっ。熱いのが、お股でビクビクしてるぅ……っ」

むにゅ、むにゅぅっ、ぐぢゅっ！　腰を前後に振り出す。淫蜜に濡れそぼった牝粘膜による暖かくて心地良い素股。羞恥で余計に締められて、肉茎がワレメを裂くように行き来した。

「くっ……はあっ、はぁはぁ、そ、そこぉっ！　もえちゃうぅうっ！」

ぷぢゅ！　ぐぢゅぐぢゅ！　腫れ上がったカリ首を突起した肉豆に何度も苛烈に擦り付ける。漏れ出した牝汁が股内をだらだら流れていって、堪らずメイドはお尻を叩いてくる主人の腰を掴んだ。

「ぁ……っ、ふあっ、はあああ、あそこ、溢れちゃうっ、だめ、だめぇっ」

ついこの前まで処女だった卑肉は、セックスのたびに淫靡な柔らかさを帯びていき、ただでさえ感じやすい女体はさらに開発されている。

（そうだ……。このまま、どんな行為にも、悦んでくれるように……）

姿見に映し出された淫猥な牡と牝の姿。こみなは瞳を細めた悦顔で喘いでいる。男の腰振りに合わせてお尻をくねらせ、ドスケベな姿から濃厚な牝臭を滲み出していた。

普段は気の強さを絵に描いたような表情のこみな。そんな彼女が、一度性欲に囚われるとこんな盛りのついた牝犬の顔を見せることを知っているのは主人である小次郎だけだ。

ぐぬゅっ！　ぷちゅっ、ぢゅずっ！　何もなければ天井を向いてしまう肉棒が牝汁に濡れきったワレメに食い込み、擦りつけた肉芽が震えていく。

「いや……ぁっ、それ以上、はあ、っはあ……したら……」

鏡に映し出されているせいか、メイドはいつも以上に羞恥して眉を顰める。ぬらぬらと牝汁が内股を流れていく光景も卑猥だ。

（よし、もう少し、煽ってやるか……）

「ほら、鏡をよく見てごらん。発情した牝豚が映っている」

腰を掴む彼女の手に力が込められた。蕩けだしていた顔が、ひっ、と驚きに強張って、本当に泣き出しそうに歪んでしまう。

「つやあっ！　やめてっ！　はあ、はあ……っ、これ以上、いやらしく……ぅ、しないでぇっ！」

お構いなしに腰を振り続けると、

「いっやあっっ！　やめてって、言ってるでしょぉ……っ！」

ズゴッ！　見事な正拳が小次郎の顔面に刹那減り込んだ。

股間のみ元気なまま、その場に崩れ落ちる。

「ぐっ、うお……、こ、こみな……、いいかげん慣れたが、こ、この展開は……」

主人を見下ろしたメイドはきつく睨みつけながらも、泣きそうな顔で、

「はあ、はあ……。あ……ご、ごめん……」

不意に走って逃げ出すと、彼女は自分の小部屋へと篭ってしまう。バタンと扉の閉められる音を聞きながら、小次郎は立ち上がった。

(どうしたんだ、あいつ？　急に……)

エッチでもっと過激なことをしても気丈に振る舞っていた彼女なのに、こんな態度は初めてだ。心配になって、

「こみな、は、入るぞ。……ぬおっ！」

鍵のない扉を開けたその瞬間、絶句した。

「うっ、うう……、私、はぁはぁ、あ、あんな……顔……んっ、ぷはっ、ずっと、はあ、してた……の……」

ベッドの上のこみなは、四つん這いのような格好で上半身だけ毛布を被っていた。頭隠して尻隠さず。専属メイド服のミニ丈も捲れたままで、可愛らしい臀部も剝り上げられた

ばかりのツルツルのワレメも、突き出された状態でこちらを向いている。しかも、

「ふぁっ、はあ……、あそこがっ、まだ熱いぃ……っ、ぅうっ、はあぁ……っ」

ぐぬゅっ、ぬちゅぬちゅ……っ。

オナニーしていた。

肉の裂け目に這わせた中指の腹が肉芽に擦り付けられ、その先端部は抉り込んだ粘膜の中心に潜り込んでいる。隣の二本の指で肉ビラを摘み、そこから、ぢゅぷぢゅぷ、と牝汁が滴り落ちていた。肉棒に擦られて嫌じゃなかったはずだ。少女の牝肉が強烈にまだ求めているのは目の前の光景が証明している。

「こみ……な……」

ビクッとメイドの体が震えた、それでも指先の卑猥な蠢きは止まらない。

「こ、小次郎……。んっ、はあ……ぁ、み、見てても、はぁはぁ、いいから……、毛布だけは、ふあっ、っ……はああ、とら、ないで……あふっ、あんん……っ」

何が起こったのか？　こんな淫猥なものを見せ付けられて、濃厚に香ってくる牝の甘酸っぱい粘膜臭を嗅がされては、そんな疑問も霞んでしまう。

ビクビクッとアクメに震える雪白の尻肌に精液を放ったのは、それからしばらくしてからだった。

約束の一ヶ月目まで、あと二日と迫った。こみなの本格的な調教が始まって、いくつか

クリアしなければならない課題はあったが、ここまではほぼ順調と言ってよかった。

小次郎はまず自分の欲望を全て曝け出すことから始めている。彼女にそれを理解してもらうと同時に、させる自分がそれを恥ずかしがっていては主人を満足させる調教などできるはずもなかったからだ。

（問題は、こみなの強い羞恥心……）

従順であろうと努力はしてくれている。アブノーマルな行為を強要しても、口では散々罵倒されるが、結局は言う通りにしてくれて潤んだ瞳さえ向けてくれるのだ。ただ剃毛を施したあの日より、乱れてしまう浅ましい姿を見られるのを恐れているふしがあった。次の日にはケロッとしていた彼女ではあったし、もともと被虐的な性癖も持っている。「お前の感じる姿が好きだ」そう何度も言い聞かせたお陰で、一定のところまではすぐに昇り詰めていた。それでも、貪欲に体が快感も羞恥も求めているのに、先に心が音をあげてしまう。調教の壁を感じていた。

「はあ、もともと素直じゃないからな、あいつは……。やっぱり、あそこに行ってみるか」

ギイと部屋の扉が開く音が聞こえた。机に座ったまま振り返ると、専属メイドが戻ってきたところだ。ただその可憐な顔は真っ赤に染まって、半分泣きそうで、半分怒ったような顔をしている。

「よお、戻ったな。ちゃんと、言われたコースを歩いてきたか？」

「ええ、い、行ってきましたわよ。こ、この恥ずかしい格好でね！」

ニヤニヤと笑いながらその姿を観賞してしまう。反してこみなはわなわなと怒りに震えていた。本日の彼女に着せたのは、小学校低学年くらいまでの子が着るようなレインコート。黄色いカッパというやつだった。

（うんうん、可愛いぞ、やっぱり似合うぅ！）

あどけなさを残した顔立ちに小柄な肢体。それでも子供用のそれは彼女には丈が短くてぷりんと盛り上がった尻房の下縁が覗けそうだ。この状態で外まで買い物に行かせた。途中で脱ぎたくても脱げないように中は全裸で、炎天下と羞恥で体中汗だくになっているだろう。

「も、もう着替えていいですか？」

彼女のぷりぷり具合からして、かなり注目を集め相当恥ずかしい思いをしたに違いない。

「も、もう少し、あっ、写真撮っておこうか……」

「へえ、そんなに、殺されたいんですか」

氷のような冷たい視線に本気の殺気が漲っていた。

「じょ、冗談だ。それより、ほら、着替えるんだろ？　中を確かめさせてもらわないとね」

深く被ったフードから覗ける顔が微かに引き攣った。

「ぬ、脱ぐから、あっち向いていて……」

「だめ。……恥ずかしいのか？　今更……」

「今更言うな！　く……っ、命令……なのよね」

恥ずかしがる仕草は支配する者の興奮を高めさせるエッセンスではある。だが互いに許しあえる間柄であってもメイドが主人に対して口答えするのは許されない。肝心なところでは彼女もそれを弁《わきま》えているようだ。

モジモジしながら赤らんだ顔でレインコートのボタンを外していく。チラチラとこちらに視線を送り、戸惑いがちに前を開いた。

「ご、ごめん……ね……」

蒸れきった肢体が晒され、美少女の汗の芳香が室内に広がる。灼熱と羞恥に煽られた白い素肌は朱色に染まっていて、全身にちりばめられた珠の汗が流れていった。桜色の乳首がツンと起って、内生地に擦られたせいで充血気味になっている。だがメイドは申し訳なさそうに斜め下に俯いた。

「こみな、言いつけ、守れなかったのか？」

「……だって……」

剥き出しになるはずの無毛の秘裂が白い薄布に覆われていた。真新しいそれは遠目から見てもしっとりと湿っているのがわかる。中心部がジトジト張り付いて、肉の切れ込んだワレメの形状を浮き上がらせながら湿り染みに恥丘の肌色が透けていた。

「うう……歩くたびに見えちゃいそうだったのよ。だから……」

「途中で買ったのか」

「か、買っちゃいけない、とも、穿いちゃいけない、とも言われてないし……。だ、だいたい、こんなの奉仕じゃないじゃない。今日こそ言わせてもらうけど、アンタのコスプレ趣味にはうんざりしてるの！　チャイナ服やナース服はまだ許すわよ。でもベッドでスク水ってどういうこと？　ブルマーって？　その姿で館中歩き回って、私、なんちゃって女子校生って呼ばれてるのよ。そりゃあ、主人を満足させるのが私の仕事です。ああ、そうですとも。でも一人で外に行かせるって、どういうこと！　館の中ならまだ我慢するわよ。アンタがその姿を見て満足するなら良し。アンタ以外の他人に見せるためにツルツルに剃ったんじゃないっての！　はぁ、はぁ……」

ぜぇぜぇと荒い息を吐くこみな。完璧な逆切れに圧倒される。

「……とっても、恥ずかしくて、寂しくて、心細かったんだから……」

激怒するような顔から一転して、甘えて泣き出しそうな表情になったメイドに対して、それでもしっかり濡らして帰ってきたことを突っ込む雰囲気ではない。

「え、えっと、すまなかった。でも、わかってくれ。これも、俺なりに考えがあってのことなんだ」

汗濡れた肢体を抱きしめた。熱気が柔肌に深く染み込んでいるようでとても熱い。濃厚な牝気を含んだ赤く焼けてしまった素肌の香が鼻腔に届いて、ググっと膨らみを増した肉棒が彼女の臍の辺りを圧してしまった。

「ごめんなさい。きついこと言っちゃって……。許してくれる？」

しおらしい声が聞こえてくる。

「もちろんだよ」

「本当？　あのね、もう一つ、謝らなきゃいけないことがあるの？　怒らない？」

ぐりぐり甘えて顔を押し付けるようにして、ギュッと彼女の方からも抱きついてくる。

一瞬、上目遣いでこちらを見た、煌めく潤んだ瞳が揺れていた。

「ああ、言ってごらん」

青年の胸に顔を埋めながら、ニヤリと少女が笑ったことに彼は気付かない。

「あのね……これ……」

ゆっくりと離れたメイドから手渡されたのは、一枚の紙切れだった。

「んっ？　ええと……な……っ！　これって、請求書⁉」

請求金額九万八千円。インポートショーツ二十点。ランジェリーショップ・ラフレシア。とある。軽い目眩がした。

「あはは、飛び込んだのが高級下着屋さんで、結構可愛いのや、セクシーなのがあって、ついつい色々試着しちゃったら、全部、その、よ、汚しちゃったのよね。ああ、でも、この家の名前出したら、まったく問題なし。さすがお金持ちは、店員さんの態度も違うわ。明日にでも届くから、支払いお願いね」

「払えるか！」

確かに伯父は日本有数のセレブだろう。ついでに言えば清彦だって社長の御曹司だ。だが小次郎は違う。次期当主候補といえども、小遣いをもらっているわけではない。必要な物があればそのつど用意してもらっているのが現状だ。つまり彼は、平凡で一般的で極々普通でありきたりな立派な庶民なのだ。

「な、何でよ？　意地悪ぅ！」

「この家には有り余る金があるかもしれんが、俺にはない！」

自分のメイドを呆れ返らせるほど、自信満々に言った。

「む、胸を張ること？　でもそんなこと言っていられないんだから。ほら、請求書よく見て」

もう一度確認してみる。そこには、彩野小次郎様、とあった。

「俺宛かよ！　って、ことは、俺の名前出したのか？　そ、その格好で……」

「ふん。死なば諸共ってことよ。あ、それとも肉を切らして骨を断つ？　何か、ひそひそ話されていたわ。自分のメイドにあんなことさせるなんて、とか、お金の力を使って酷いことするとか、あそこのお坊ちゃんは変態だとか、ド変態だとか……。お店を出る時には、辛いこともあるだろうけど頑張ってね、って言われちゃったわ」

しみじみと語るこみなの前で、小次郎は固まって大きく口を開けたままだった。わなわなと肩が震えてくる。

「お、お仕置きだ！」

この館に来る前に溜めていたなけなしのバイト代を注ぎ込むことになるのだ。それにもう商店街のある一角には行けないだろう。その償い。体できっちり払ってもらおうと燃える小次郎だった。

「ちょっと、どこに行く気？　もう、怒らないって言ったじゃない」

いつもの専属メイド服に着替えたこみなを中庭に連れてきた。そこには以前涼子が磔をされた十字架があったが、目的の場所は別だった。ポケットの中に古い鍵が一つある。先日伯父から手渡され、その場所の謂《いわ》れも同時に教えられたのだった。

「もう、怒ってないって。だが、お仕置きは必要だろ。お前の主人に対する態度は、どうなんだ？」

「それは……、ちょ、ちょっとは悪く思ってるけど……」

実際のところ、ここにはやってくるつもりだった。ある意味、いい口実ができたというところだろう。

小川のせせらぎの聞こえる石造りの橋を越え、くすんだ白色の十字架の台座に近付いた。その裏側に回り、重い金属の錆び付いた扉を見つける。

「ここ……って？」

長年ここに仕えるメイドや庭師でさえも滅多に近付かない場所であり、それは彼女も例外ではない。

「この奥は、この館の中でも最も古い施設の一つだ。明治初期に造られたらしい」

古びた鍵を取り出した。元は美しい金色をしていたと思われる重厚な扉から情念のようなものが滲み出しているように見える。固い鍵穴を回して、それを開くと中から冷たい空気が流れてきた。

「何でだろ？　凄いドキドキするの。怖いとか、そういうのじゃなくて、秘密を覗いてしまうような……」

　こみなは両手を胸元で祈るように組んだ。少し細めた瞳でじっと扉を見ている。

「たぶん、それは、入ればわかるよ」

　重い扉の向こうは地下室に通じる階段になっていた。開かれると同時に油が流れて発火する仕掛けになっていて、所々硝子の割れた古ぼけたランタンが灯される。メイドの手を引いてゆっくりと下りていった。

　急勾配の階段を下に数メートルほど、そこにまた鉄製の扉があった。ここは中から鍵をかけるようになっていて、入る時にはノブを回すだけで済む。こみなを先に中に進ませたあと、小次郎は内から鍵をかけた。カチっと音が響いた瞬間、ビクッと少女の身が小さく跳ねる。普段気の強い彼女ばかり見ているからこんな反応は新鮮だった。

「やだ……、ここって……」

　一目でここが何をする場所であったかをメイド少女は理解したのだろう。やはりこの地下室も仕掛けによってランタンに灯りが点され、暗がりに目が慣れてきていたせいもあって意外に明るい。そこにはいくつもの拷問道具が置いてあった。

「館のあちこちは何度か改装をしているけど、ここだけは当時に造られたままだそうだ。

メイドを従順な牝奴隷にしたてあげるためだけの地下室。歴代の当主の専属メイドは皆ここで一度は扱かれている」

「へ、へえ……」

新米の専属メイドの顔が強張っている。なるほど、こういったものは苦手のようだ。思い通りのそんな反応に嗜虐的な気分も高まり、少々意地悪く煽りたくなってしまった。

「どんなに大声で泣き叫んでも、外には一切音が漏れないからね。ここにはどんな酷い仕打ちをメイドにしても咎められない治外法権があるんだよ（嘘）。しかも百年以上続いた悲しいメイド達の怨念が篭っていて、地下室に入った途端に主人はサディスティックな欲望に取り憑かれてしまうんだ（嘘）。はあ、はあ……。あ、あの涼子さんだって、二度とはここには足を踏み入れたくないって、言ったとか、言わなかったとか（大嘘）。へへ、こみな……ぁ」

「いやぁあああ！」

地下室の角に逃げ出しガクガクと震える小柄な少女。泣き出しそうな小動物を見て、ついつい調子づいてしまう。どうやらそれが間違いだった。

「さあ、こみな、はあ、はあ……、こっちにおいで。さあ、さあ！」

いやいや、するように顔を横に振る怯えたメイド。そんな姿に興奮してしまい、腕を伸ばしかけたその時だった。

「いやあああああ！　悪霊退散！」

ビュン！　バシッ！　壁にあった鞭が彼女の手の中にあった。瞬時にそれは振るわれて、小次郎の体を直撃したのだ。

「悪霊退散！　悪霊退散んん！　いやあぁあ、小次郎から出ていけえぇぇぇ！」

ビュウウン！　バシッ！　パシッ！

「ちょ、やめ、こみな、いっ！　まった！　いたぁああ！　止めてぇええ！」

これこそが真の呪いだったのだろうか。この地下室でメイドに鞭振るわれた主人は小次郎が初めてだった。

五分後……。

「アンタが悪いんだからね」

ぷっくりと頬を膨らませ、こみなはバツが悪そうにプイッと横を向いた。

「ちょっとからかっただけなのに……」

体中がヒリヒリと痛む。無数の鞭痕が刻まれて、お陰で自分にははっきりとそっちの趣味はないことが確信できた。やっぱり打たれるよりも打つ方が性に合う。

「い、痛かった？」

チラリと視線を向けてきた彼女の表情には幾分申し訳なさが含まれている。

「当たり前だ」

「そ、そう。……ちょっとは、気持ちよくなかった？」

「はあ？」

カーとメイドの顔が真っ赤に染まった。

「そ、そお、よね。普通は……い、痛いだけだよね。はは……」

ははん、と心の中でニヤリと笑う。戯れはこれくらいにして、まとめて罰を与えるにはよい頃合いだ。立ち上がって真剣な表情を作ってみせる。こちらの雰囲気を敏感に察して、メイドは向き直って切なげな瞳を向けた。

「ここで、自分がされることは充分わかっているだろ？」

「わ、わかっているわよ。ほら、されてあげるから、とっととしなさいって」

二人とも地下室の中を見回した。レンガの壁にいくつも鎖が垂れ下がり、拘束ベルトのついたベッドに三角木馬まであった。天井には滑車があって、それで人体を吊り上げるのだろう。奥の戸棚には様々な鞭があり、その引き出しを開けると使いかけの蝋燭が何本も置いてあった。

無造作に投げ出されている荒縄を見つける。そこからさらに机の引き出しをいくつか開けて、目的の物を探し出してニヤリと笑った。

「じゃあ、始めるよ」

メイド少女の背に回り、長い赤茶色の艶髪を別《わ》けながら、後ろ手に縄をかける。

「う……っ」

小さく唸らせるくらいにきつく二重にした荒縄で手首を縛りつけ、そこから胸元に回した。胸元の柔らかな生地をグッと下に降ろして、緩やかに隆起した乳肉を露出させる。冷ややかな地下室にあってもしっとりと汗ばんで、既に乳首は可愛らしさよりも猥褻さを滲み出し発情状態であった。柔らかな肉峰にあってそこだけ硬く痼り、淫らな牝の本性を示すように目立ち起つ。

「はう……っ！　はぁ、あ……」

肉房の上下の柔肌に食い込ませるように麻縄を巻きつけると、彼女は痛みと恍惚に甘い呻きを漏らしていく。この地下室の淫虐の歴史によって、幾人ものメイドの唾液と淫蜜の染み込んだ縄は、黒ずんでそこから強烈な痴臭を放っていた。

「んっ、はぁ……、き、きつくて、はぁ、い……」

すっかりマゾ牝モードに入ってしまったこみなは、引き絞られて乳肉盛り上がり、少し上向いた自分の桜色の乳首をうっとり見つめている。その体はずっと火照っていたはずだ。瞼がとろんと下りてきて、お仕置きされる期待に卑肉を疼かせては、股内を擦り合わせるように腰がくねっていく。

「まったく、どうしようもないマゾっ子だな、こみなは。これじゃあ、お仕置きしたって罰にならないじゃないか」

「ぁはあ、はあ、そ、そんなこと……ない……」

否定する言葉に普段の切れはない。ゆらゆら揺れるような瞳に燻りだした被虐の炎を点している。口元が緩んで、はぁ、はぁ、小さくて乱れた呼吸を奏でていた。

こうなるであろうことは予想していた。痛いことや熱いことを予期しているのであろう彼女に対しては、その期待を裏切りたくなってしまう。床と鎖で繋がった首輪をしてやり、準備は整った。

(さて、ここからが本当のお仕置きだ)

忍ばせていた先程見つけた薬瓶。それを取り出して蓋を開けるとクリーム状の表面は黄色く変色している。やはり古い。だが人差し指を潜り込ませると下の方はまだ白く、充分に効能が残っているとわかった。

指先に軽い痺れを覚える。少し熱くなってきた。

「こみな、少し脚を開いて」

「ふぁ、こ、こお……」

背中から抱くように接触して、既に硬くなりだした股間を小柄な彼女の腰上に擦り付ける。腕を伸ばしてメイド服のミニ丈の内側に片手を潜り込ませた。蒸れきった濃厚な湿度を感じる。注意深くショーツの上縁と柔肌の隙間に指先を忍ばせ、さらに下へと侵入させた。

「は、ああ……んっ……」

蕩けていたメイドの体がピクッと硬直するように反応した。熱い無毛の恥丘を滑る。肉裂をすぐに探し当て、くにゅ、

「あひゃ……、うっ、あん……はぁ、なに……?」

クリーム薬を塗りたくった。

「体にいい、薬さ……」

ぬちゅ……っ、指先がじとじと湿ったワレメの肉を抉った。

「ぁくぅぅ、はあ、はあ……」

頬を赤らめてきた顔が仰け反るように上げられる。薬は一際熱い体温に溶かされて、滲み出ていた淫蜜に混ざりながら秘粘膜に染み込んでいった。

「ふぁ、あふ、ん……な、なんだか、熱い……」

さっそくじわじわ効いてきている証拠を口にされて北叟笑《ほくそえ》む。もう一度クリームを瓶から取り出し、同じ動作を繰り返しながら、今度は重点的に肉芽に塗りたくった。

「あっ、はあああ、そ、そこ……っ」

もともと感じやすい彼女の体の中でも特に過敏な部分。指腹の下でぷっくりと膨らんで硬さを増していった。コリコリ転がしてあげると、ぴゅくん、ぴゅくん、と小さく身を跳ねさせる。ぬちゃぬちゃと淫蜜は指先の蠢きに合わせて音を立て始めた。

「んっはぁあ！　やぁ、クリちゃんが、や、やあ！　焼けちゃうみたいぃいい！　凄いピリピリしてぇ、ジンジンきちゃうぅぅう！」

体を甘えるようにくねらせてくるこみな。眉間に皺を寄せる顔は苦痛に似ていたが、瞳と口元は完全に蕩けたそれだった。

（そろそろ、かな……）

片手を引き抜いて、接触していた体をゆっくりと離れさせる。もたれかかるようにしていたメイドはふらついて、その膝がガクガクと震えだした。

「や、ああん、な、何したの？　こ、これ？　ひゃ！　あっ、ああ、痒い……」

ニヤリと笑いながらベッドに腰掛けた。これで当分手を下すことなく彼女は肉を疼かせ、勝手に身悶えてくれるはずだ。

「これはね、西日雀家に伝わる怪しい秘薬だそうだ」

「あ、怪しいって……、あひっ！　あううう、痒いぃいいい！　あそこが、痒いいいい！」

内股になってメイドは震える両脚を擦り合わせていく。後ろ手に縄拘束された両腕が軋むように悶えていた。掻き毟りたいはずだった。比較的皮の厚い指先でさえ、まだ熱を持って痒みを覚えている。それを粘膜に直接塗り込められては堪らない。蕩けていた少女の口元がギュッと噛み締められた。

「ドMのこみなに普通にお仕置きしても罰にならないからね」

「ドMじゃないってば！　こ、こんな、あひぃいい！　この、薬、あ、怪しいんでしょ！あそこが、へ、変になっちゃうよぉ！」

食いしばる表情を見せるマゾメイドの額から脂汗が滲んでいた。落ち着きなくキョロキョロ辺りを見回して、きっと股間を擦り付けられる物を探しているのだろう。

「大丈夫だよ。体にいいっていうのは本当だ。ほら発汗して、代謝が良くなっている」

「こ、これは、あはぁああ、も、もうダメぇええ！」

机の角を目指して一目散に走り出したこみな。だが鎖がピンと張ったその瞬間、彼女は尻餅ついて倒れこむ。首に鎖を繋がれたメイドが行ける範囲には股間を擦り付けられるような物はなかった。泣き出しそうになった顔が、また鋭い痒みを感じてか、苦痛に歪んで大きく髪を振り乱していく。

「あう！　うっ、うう、酷いぃいい、こ、こんなお仕置きってぇ」

「酷いくらいじゃないと、お仕置きにならないだろ」

むっちりした太股を床につけるようにしながら開脚していく。鼠蹊部を石畳に押し付けながら腰が前後に振られだした。

(その程度じゃ、痒みは治まらないだろ、こみな)

バレリーナや雑技団の少女ならともかく、普通の関節の柔らかさの彼女ではおのずと限界がある。勢いよく股間を床に叩きつけようとしても、前に屈んだり、背筋を仰け反らせたりしても、擦られるのは刹那の間であったり一部だけであったりして、もどかしいことこの上ない。

「ふあっ、あっ、ああ……、はぁはぁ、はぁん、あんっ、も、もう、許してぇええ！」

哀願する瞳が涙ぐんで見つめてくる。彼女の想いに反して嗜虐的な興奮は余計に高まってしまい、肉棒が硬さをどんどん増していった。

「そんなこと言われたって、もう塗ってしまったからね。心配いらないよ。そうだね、だいたい五時間くらいで、効果は切れるらしい」

泣き出しそうな顔が強張った。

「ご、五時間……うっ、ううっ、はひぃいい、ダメ、ダメぇええ！　このままじゃ、狂っちゃうぅう！　はあ、はあ、くっ、ぁはあぁあ！」

仰向けになって拘束された両腕を床につけるこみな。下半身だけブリッジさせるようにして腰を持ち上げ、そこから見せ付けるように股間を大きく開いていった。

「ひゃうぅっ、はあ、はあ……、お、お願い。か、か、掻いて……」

純白の小さなショーツはその中心に既に大きな染みを作っている。生々しい体温と秘裂の匂いを含んだ薄布が土手肉に張り付いて、鋭く抉りこむワレメの形状を浮かび上がらせていた。その恥ずかしい状態の下着を丸見えにさせても少女は訴える。

「小次郎、お願いぃい！　こみなの……、オ、オマ○コを掻きなさいってばぁ！」

大きく開いていなければ熱くて堪らないのか、限界まで広げてお尻を振り回す。のたうつように股間が激しく揺らされ、濃厚な痴臭を振り撒いた。内股は汗ばんで、何度も上下する女陰。下着越しにも、その動きに合わせてワレメが開閉しているのが見て取れて、破廉恥に男を惹き寄せようとするのだ。ぐちょぐちょに淫蜜が溢れてきて見る見るうちにショーツの濡れ染みが広がっていく。恥丘の肌色が透けていた。

「しょ、しょうがないな、ほら、じゃあ、じっとして」

「は、早くぅううう！」

救われたような笑顔を見せてくれる愛メイド。だが彼女がマゾ牝モードに入ると同時に小次郎もまたサド主人の興奮に取り憑かれてしまっていた。

「下着を脱がしていいね」

　仰向けのまま体を震わせてじっと痒みに耐えている姿がいじらしい。彼女が小さく頷くのを確認すると、もう全面湿ってしまった薄布を脱がせにかかった。ねちょ、と下着の中心と肉裂の間に淫蜜の糸が引かれていく。

「は、早く、ぅ……早くしてぇえええ！　もう、待てないぃ！」

　ぐっしょりと蜜に濡れて重くなったショーツから牝の淫臭が香りたつ。意味を成さなくなった下着をズリ下ろされ、ぬらぬらと牝汁に塗れたつるつるワレメが完全に露になった。

「そんな、エッチな格好で急かされても、ね。どんなスケベなお願いをしているか、わかっているんだろ」

　いやらしく抉りこんだ肉の裂け目からじゅぶじゅぶと湧き水のように溢れ出る淫蜜。柔らかな丸みの尻谷にぬらぬら流れ落ちて、潤みきった濃紺色の瞳の下の頬は赤く染まり羞恥と興奮を示していた。

「ふはあ、はあっ、しょ、しょうがないじゃない……意地悪ぅ！　あはぁぁ、んっ」

　堪らなくなったのか、また腰を浮かせて淫乱に振り回す。ねっとり垂れている蜜流が水飴のような粘りで揺れ動いた。

「はしたないぞ、こみな」

「いやぁっ、あああっ、オマ○コ掻いてくれなきゃ、死んじゃうぅぅうう！」

　よく効くものだと感心させられる。調教しても普段は恥ずかしがりやの彼女は、言え、と命令しない限り自分から性器の猥褻な俗語を口にするなんてことはなかった。期待と切なさを込めながら、彼女は縋るように見つめてくる。

(この状態なら、慎重にしなくても気付かれないかな？)

悶えるメイドの視線の先だけ気にして、もう一度指先にクリーム薬を塗りこんだ。しかもずっと大量に。

「ほら、今掻いてやるから……」

半泣きの小さな子供のような瞳が見つめている。

「う、うん……。へ……っ？　やだ、もう少し、上……あひゃ⁉」

悶えるごとにヒクヒク開閉しているアナル孔は垂れ落ちてきた淫蜜に、ぬちょぬちょ、濡らされている。そこに、

ズプ！　ヌズ、ズプププ！　薬物に塗れた指先を捻じ込んだ。

「ぃひゃっ、やあぁあ！　お、お尻ぃいい！　痒いの、そこじゃないのにぃいい！」

「大丈夫、ここも、すぐに痒くなるからさ」

瞳から涙を零して表情が歪んでいく。

「ひゃ！　な、なにしたの……くっ、はあぁぁ」

腸内の熱にすぐに溶け込んでいく。ぐちゃぐちゃ、暖かな直腸内を掻き回している間にも、それはどんどん奥へと侵入していった。

「あ、熱いのが、あひぃいい！　奥の方まで、あううう、来ちゃうぅうう！」

きゅきゅっ、と強く締め付けられる指を引き抜いた。ハンカチで指を拭きながらメイドから離れていくと、本気で恨めしそうな顔をしている。あとが怖いな。そんな風に思いながらも、可愛らしいメイドがこれからどんな反応をしてくれるのか楽しみでしょうがない。

「はあ、はあ、くっ、はあ……っ、いやあああ、ダメ、ダメぇええ！　熱いのを通り越したら、うっ……、はぁ、痒いのが来ちゃうぅうう！」

のたうつ様が可愛らしくまた艶やかだ。股を開いたり閉じたり、腰を上げたり下げたり、仰向けから横を向いたり。蹲り足の指がくの字にきつく曲げられる。全身震えて、脂汗を体中に滲ませて、メイド服が内から濡れていった。

「ふふん。じゃあ、これを用意したら、こみなはどうするかな？」

天狗の面があった。その長い赤鼻はきっと幾人ものメイドの愛液に塗れた物に相違なく、くすんだ色に変色してこれからも強烈な痴臭が放たれている。それを床に置くと、長鼻は天井を向いて垂直にそそり立つ。潤みきった瞳に映りこむ。

「な、何でそんなものがあるのよ！　あ、はあ、い、いや、そ、そんな、もので……うぎゅう、ううっ」

メイドの視線は天狗の鼻から離れない。

(もう、我慢できないはずだろ、こみな)

一度だけチラリと彼女はこちらを見た。羞恥好きな牝が強烈な痒みに後押しされては、立ち上がりそれを跨ぐよりはない。後ろ手に縛られた状態でM字に開脚する。

「うはぁあん、エッチなこと……、するんじゃないのぉっ。痒いから、掻くんだからぁあぁ……っ。ふはぁっ、はぁあああ！」

パールピンクの可愛らしいクリトリスは包皮が捲れて突き伸びようと躍起になっている。天狗の鼻は逞しい肉棒を思わせ、先端の方が棍棒のように大きく膨らんでいた。メイドはそこに股間を押し付ける。くにゅ、と肉のワレメが広げられるほどに強く擦られた。

「うはぁあ、き、気持ち、いい……っ」

ぐにゅっ！　ぬちゅちゅ……。騎乗位で上下する淫乱な腰の動きのたびに、赤い鼻先にパニエごと捲られ蒸れた内側が覗けている。つるつるのパイパンワレメがぱっくり開いて棒状を優しく噛んでいた。そこから涎のように、ぬちゃぬちゃ、と牝露が滴って面をぐっしょり濡らしていくのだ。

「ぁふっ、はぁあ……、はう、あんっ！　ま、またクリちゃん、熱くなってきちゃったのぉ、はぁはぁ……」

よほど心地良いのだと伝えるように、こみなの顔が蕩けている。桜色の唇からも涎を滴らせ、酔いしれるようにとろんと瞳が半開きになっていた。腰の動きを止めた瞬間にはまた痒みに襲われて顔を顰め、お尻が猥褻に躍り、ぐちゅぐちゅ、音を立てだすと、恍惚に甘い息遣いを発していく。

深く激しい興奮したような吐息を漏らし、自分のドスケベな部分が擬似男根を擦っている様子を頬染めて見つめていた。時折チラリと観賞者に視線を送っては羞恥に震え、それ

だからこそ止められなくて誘うように瞳を潤ませる。

「いひゃぁ、ああっ……。そんな目で、見てるんじゃ……はぁはぁ、ないわよ。ああ、いや、いやぁ、こんな格好見ないでっ！　止まらないっ。止まらなくなっちゃったのぉ！　やあああ、お尻も掻き毟りたいい！」

喘ぎ、背を仰け反らせながら天を仰ぐ悦楽のメイド。ブルッと一度大きく震え、濡れそぼった肉裂を滑らせるようにしながら腰を持ち上げる。大きな鼻の頭を艶やかな尻房の谷間に潜り込ませ、一度泣き顔を主人に向けた。

「ふあっ、っはあ……、ごめんなさいぃっ、ここが痒いのぉ、だ、だからっ、はうっ！　くうう……っ」

グリグリと双臀の中心を鼻茎の先端に押し付け、

「ぁふぁああ、お尻の孔が擦れるのがいいのっ、あっ、はあっあ、中も掻きたいぃい！」

ズブゥッ！　ヌププ、ヌズブズブ！　腰を沈めてアナルに捻りこんだ。

「ぅくはぁ！　あはぁ、はあ、はあ……、お尻、いっ、いい……」

極寒の中で温かな温泉に浸かった瞬間にはこんな顔をするのだろうか。天国を見るような瞳で、こみなの口元がだらしなく緩んでいく。全身をぶるぶる震わせて、快感をその身で如実に表した。

「あっ、はあ、あ、あ、くふ、き、気持ち……、いやぁああっ！」

太い杭のような天狗の赤鼻が肛皺を減り込ませて深く抉りこんでいる。直腸を拡張される痛みも痒みを和らげ、被虐の性感が肛悦を呼び覚ましたようだ。

　ズン！　ズプププッ！　ズップ、ズップ……。奥まで掻き回そうとお尻が鼻茎を銜えたまま激しく跳ね上がる。魔悦を伝えるように抉りこんだ縦筋から、ぬちゃぬちゃ、淫蜜を漏らし続け、液糸は千切れることさえなかった。

「いやあああ、か、勘違い……、ふあっ、してんじゃ、ないわよぉっ！　お尻が……、いいんじゃないのっ。はぁはぁ、痒いだけなのぉ！　くっ、はああ、い、いやらしいことしてる、んじゃないの……っ。ぁはあ、掻いてるだけ、なのぉっ！　変態じゃ、はあっ、っくはっ、ないのぉ……っ！」

　奉仕でもなく、命ぜられたわけでもなく、自分から淫乱に感じていくことを必死で言い訳するマゾ牝メイド。

「いいや、こみなはド変態の牝犬だろ。首輪で繋がれて、おあずけの我慢できない貪欲な変態マゾ犬だ」

「ぁうう、いやぁあああ……っ、違ぅううっ、はぁはぁ、へ、変態じゃ、ああ、ないっ！」

　主に冷笑を浴びせられながらも、丸く膨らんだ柔らかく肉付いた尻肉は、ぷるんぷるん、激しく揺れ続けている。天狗の瞳がその様子を下から見つめていた。どんな淫靡な光景なのかとふと思う。長くて極太い長鼻を飲み込んだアナルの皺が、腰のドスケベな上下運動のたびに減り込んだり、捲れ上がったりしている。淫猥に蕩けたワレメが股間のささやかな開閉のたびに広がって、そこからぢゅぷぢゅぷ溢れ続ける牝汁が蟻《あり》の門渡《とわた》りを舐めながら鼻茎に伝うのだ。その下にあるのが自分の鼻腔なら、きっと排泄孔と肉裂の奥粘膜から漏れてくる濃厚な牝臭を吸い込み、蒸れきった熱気に湿らされていたことだろう。

「やぁあ、んっ、掻いているだけ、くぁ、なのにぃ……っ、はぁ、はあっ、気持ちよく、な、なっちゃぅうう！　やあ、やぁあ……っ」

涎の滴る唇を噛み締めながら快感を堪えているように見えた。主人の許しもなしにアクメに達することを許されない奉仕牝。その身に染み込まされた調教のせいで無理やり抑え込んでしまうのだ。

ぬぽっ！　ぢゅず、ずん！　ぢゅぷぷぷ！　止めればいいのに止められない。苛烈に尻孔に抉りこませるごとに強烈な快感の波動が脳髄に叩きつけられる。露出している緩やかな隆起の乳房ではミルク色の柔肌が朱に染まりだし、堪える脂汗と快楽の熱汗が混ざって全身をぐしょぐしょに濡らしていた。

「お尻を犯されるのが大好きな変態だって認めたら、イってもいいよ」

長い髪を振り乱すようにして顔をブルブル横に振るこみな。何度淫乱なマゾ牝の本性を現しても、決して羞恥心をなくさないその姿がゾクゾクと興奮させてくれる。

(だから、こみなは虐めがいがあるんだ。ああ、可愛いよ)

勝手に昇り詰めようとする体を抑えるように、メイドは腰の動きを必死で抑えようとする。だが完全に止めることなどできはしない。唇噛み締めて恨めしそうにこちらを見ていた。歪んだ麗顔がブルブル震える。

「ち、違うぅうう。ひゃあっ、はあ……ぁ、ダメぇ！　お尻が、あはあああ、勝手に動いちゃうぅっ！」

募りきっている。肉内で膨張した欲求は小柄な体で破裂しそうだ。

泣き顔が限界を訴えだす。

「うひぁああっ、も、もう、ダメぇええっ！　イ、イキ……たい……。はぁはぁ、こみなは、へ、変態の、ぁはああ……お尻の孔でイっちゃう変態ですぅううっ！　だから、もう、イかせてぇええっ！」

ニヤリ笑った。

「許す」

ヌズ、ヌズブズブ！　ぬっぷぅッ！　卑肉の渇望し続けていた言葉が発せられたその瞬間、お尻が激しく跳ね始めた。もう遠慮などいらなくなって肛悦に狂い躍る。

「き、き、来ちゃぅうう！　どんどんお尻から……、あはぁ、っああ、気持ちいいのが来ちゃうう……っ！」

酔いしれるアヘ顔は痒みを快感があっさり凌駕してしまったことを物語っていた。悦楽を我慢し続けてきたもともと感じやすい牝肉は、メイドの理性を崩壊させて淫獣のごとく乱れまくる。

「あはぁああ、小次郎っ、様ぁああっあ、み、見てぇえっ！　変態になって……イッちゃうこみなを見てぇええっ！」

主人のいやらしくて熱い視線を求めてメイドはこちらを見つめている。泣き顔が一変して、悦びに満ちたアへ顔を晒していった。

（ああ、見ているよ、こみな。激しく狂ってイってごらん）

ぬぷっっ！　ぢゅぷっ、ずぷずぷ！　色情に狂って長い髪を振り乱していた。汗と唾を飛び散らせて全身を激しくくねらせる。涎垂らして狂悦にどっぷり浸る淫乱マゾ。その陶酔した瞳は主人から離れず、彼に見られながらアクメすることを望んでいた。

「ぅはぁああ、も、もうイクぅううう！　お尻でイっちゃううう！」

ぷしゅ！　ぷしゃぁぁ！　淫蜜に塗れきったワレメから飛沫をあげる。失禁していた。ぶるぶると全身を震わせて、それでも苛烈に上下するお尻では、杭のような天狗の鼻にアナル孔が何度も捲り上げられていく。

「あひぃい！　イク、イク、イクぅううう！　おしっこしてぇ……っ、イクぅううう！」

ビクビクッ！　一際大きな痙攣と共に体を仰け反らせる絶頂のメイド。尻孔に極太の棒を銜えこんだまま力をなくして崩れ落ちる。

「こみな……っ」

飛び出して抱きしめてあげる。胸の中で激しく、はあ、はあ、はあ、愛らしい吐息声を奏で続けた。汗でぐっしょり濡れた体がとても熱かった。

ぐったりした愛メイドの縄と首輪を外してやってお姫様抱っこでベッドに運ぶ。薬の効果は薄らいだようだが寝かしつけるとまだモゾモゾと内股を擦り合わせていた。甘えたような瞳が見つめてくる。

「小次郎様……、服をお脱ぎになって」

全身で奉仕したいのだと言うように彼女は両手を伸ばしてくる。狂乱した痴態を見せ付けられて、こちらの股間はかなり窮屈な状態になっていた。

「ああ、俺も気持ちよくなりたい」

さすがにさっきのは効いたのか随分と従順でしおらしい。可愛い奴だと思いつつ、気取った感じで見つめながら全てを脱ぎ捨てる。仰向けにベッドに横たわった美少女に覆い被さるようにしていった。

「さあ、小次郎様……」

潤みきった瞳に誘われて体を重ねていく。あどけなさと妖艶さを併せ持ったメイドの片手が青年の首に回り、もう片方の手が灼棒に辿り着いた。くちゅ、ぬりゅ……。

(あれ……？)

妙にぬるぬるした少女の小さな掌の感触。確かに気持ちいいのだが、それは愛液や汗の湿りとは違うような気がした。

「ふふ……っ」

こみなは悪戯っ子の笑みを浮かべていた。嫌な予感に表情が固まった気がする。顎を引いて自分の逸物を確認した途端、慌てて飛び退いていた。

「うわぁ！　こ、こみなぁ……。まさか、お前……」

体を起こしたメイド少女の手に握られていたのは、あの薬瓶だった。瞳と口角が吊り上がり、してやったりと微笑んでいやがる。

（や、やられた！）

いきり立った肉棒全体にクリーム状の薬がべっとり塗られていた。

「散々な目に遭わせてくれたお返しよ。どう、もう効いてきたんじゃない」

「な、何言って……。あれは、お仕置きだろ。うっ、くううう」

じんじんと男根が熱くなって、亀頭が真っ赤になって腫れ上がる。痺れを伴ってピクンピクンと跳ねてしまい限界を超しても膨張しようとする痛みに似た感覚がどうしても心地良かった。

「はあ……ぁ、小次郎のが、凄いことになっちゃってるぅ」

嬉しそうに瞳を細める小悪魔。見つめられるうちに、じわじわと熱さが痒みに変わりだし、それを握り締めずにはいられなくなった。

「や、やばいぞ、これ……」

「心配いらないんでしょ。体に、いいんだよね。それに……」

発情状態が続いていることを教えるように彼女の頬は桜色に染まっている。ベッドの上で見せ付けるように股間を開き、汗と淫蜜とおしっこで濡れきった淫裂にメイドは指先を添わせた。

「痒くて擦り付けたくなったら、ここを使って……。ねっ」

織細な人差し指と中指が蜜濡れながらパックリとワレメを押し広げた。充血した赤桃色の粘膜が露にされる。ぐちょぐちょに濡れて光沢を発し、篭っていた甘酸っぱい発情牝の香りと共にねっとりと牝汁が滴り落ちた。彼女の指先さえ窮屈そうな小さな肉壷が喘ぐようにヒクついて、強烈に求めている。

「はぁあ、こみなの、オ、オマ○コの孔で、小次郎のオチンポを、はぁはぁ、掻いてあげるから」

「くっ、うう、どうなっても、知らないからな」

いろんな意味でもう我慢なんてできない。押し倒した瞬間、ジーンと感じたように口元を緩めるこみな。パンパンになった肉棒の先端を濡れそぼったワレメにあてがった。

ぐにゅ！　縦筋の切れ込んだ無毛の肉裂が強張りの形状に沿って割り開かれる。

「くっ、は……ぁっ、そ、そのままぶち込んでぇええ！」

ぐにゅっ！　メリッ！　ずぶずぶぶ！　仰向けのメイドに体を重ねながら、腰を一気に押し込んだ。少女の眉根が上がり、微かな苦痛を滲ませる。だが、

「ひっ……っ！　ふあっ、はあっ、あああああ、す、凄いのが、入ってくるぅううう！」

刹那で蕩けて、嬉しそうに見つめてくるのだ。

ヌズズズ！　亀頭が肉壷に減り込んで、ぷしゃ！　牝汁の飛沫をあげさせて捻じ込まれ

る。膣道を拡張される痛悦に少女はビクッと仰け反って背を跳ねさせた。

（うお、腫れているせいか、い、いつもより、ぐいぐい締め付けられて、おお……）

牝内に包み込まれた部分が本当に癒やされるように痒みが薄らいでいく。だが怒張を進攻させれば心地良さが広がって、浮腫《むくみ》は一層増していった。

「いやぁん、大きすぎる……ぅ。はぁ、ああ、こみなのオマ○コ、こ、壊れちゃうぅう！」

喘ぐ表情に悦びを滲ませている。ド助平メイドの想いそのままに膣肉がしっとり強張りに纏わりついて内ヒダがさっそく舐め回してきた。

「はあ、はあ、こみな、お前の中を掻き回したい。もっと奥まで、全部」

すっかり従順な牝メイドの顔つきになったこみな。無理やり乱れさせられ、惚けて熱をはらんだ様子で、心から貪欲に快感を求めている。

「はぁはぁ、む、むちゃくちゃにしてぇえ！　小次郎、様のオチンポで、はうっ、はぁはぁ、オマ○コも子宮もぐちゃぐちゃに壊してぇええ！」

きゅるきゅる銜え、肉棒を吸い込んでくる奉仕膣。ヌズズズ……。小柄な肢体を貫くように、吸引されるままに牝奥に怒張を押し込んだ。

「くっ、はあ……っ、ああ、お腹が裂けちゃうぅうっ！　いいっ！　いいのぉおっ！」

子宮孔を抉る。内臓から破壊されるような痛悦に歓喜するマゾメイドは、両腕を主人の背中に回してしっかりと抱きついた。大きな涙ぐむ瞳を細めた可憐な喘ぎ顔が間近にあって、嗜虐の興奮のまま貫通させせる。

ぬぷっっ！　ぢゅず！　ずん！　ぢゅぷぷぷ！

「ひい……ぃ！　凄いぃいっ！　奥の奥まで、ふぁ、はぁ、小次郎様に奉仕してるのぉおっ！　こみなの全部、小次郎様のものぉ……っ！」

悦びのまま身悶えて、主人の背中に爪を立ててしまう淫乱メイド。大きく広げられた両脚が、汗ばんだむっちり太股で彼の腰を摩り、男の体に絡みつく。柔らかな小振りの乳房が押し付けられて、コリコリしたツンと起った乳首が小次郎の胸元を突いてきた。

(絡みあうような、ドスケベなセックスを……)

一つに溶けあいたい。その欲求のまま男の腕が少女の背に回され、強く抱きしめるように流れた。

「ぁはあ、はあ、はあ……オマ○コ熱くなってきちゃう。堪らない。堪らないの……ぉ！」

強張りについていた薬が牝の内粘膜に伝って染み込んでいった。結合部がじんじんと痒熱を発し、激しく擦りあわなければ狂いそうにその感覚が膨張してしまう。

「ふあ、はあ……、はあ、はあ、ズンズンしてぇえええ……っ！　こみなのオマ○コと子宮をむちゃくちゃに虐めてくらさいぃいいっ！」

淫熱に酔いきった表情で強く求めてくる。少女の閉じきれなくなった唇の奥には唾液が溢れかえって、口端からだらだら涎が漏れていった。ド淫乱な奉仕牝の本能だけに動かされ、彼女の腰がくねりだす。ぬっぷっ！　ぬぷぷっ！　淫乱な腰振りが青年とベッドの隙間で行われた。本気で痛めつけて欲しいように、メイドのお尻がギシギシと古いベッドを鳴らしていく。

「こみな、お、俺も、止められなくなる。くううっ」

ぬぢゅっ！　ぢゅぷぢゅぷ！　強烈な欲求のままピストンを繰り返した。ぷしゃ、ぷしゃ！　怒張と肉壷の結合部から大量に牝汁を吹き上がらせて、古いシーツに濡れ染みを広がらせていく。

「ぁひい……ぃッ！　子宮にぶち当たったれっ、壊ひゃれちゃうぅうう……っう！　もっとお、もっろおお——おっ！」

深く激しい突き込みで、膣内壁をカリ首が舐め削いでいった。ぬちょぬちょの柔らかな粘膜ヒダが媚びて纏わりつく。締め付けながら吸い付いて、男と快楽を逃そうとはしない。柔らかな肢体が汗まみれになって、メイド服がグショグショに濡れていた。

「うおおお、こみな、止められない、止めたら、狂っちまう」

少しでも動きを止めたら強烈な痒みが襲ってくるようになった。苛烈に擦り付ければ極上の名器による肉悦が与えられる。だから一層激しく腰振って、蜜壷から、ぷしゃぷしゃ、牝汁をしぶき上がらせる。

「あふあ……ッ、はあっああ、こんらの、はぁはぁ、ずっと欲しかっらから、も、もう、い……っ、イクぅうう！　我慢れきないぃいいい！　イク、イク、イクぅううう～っ！」

子宮に叩きつけるたびに、抱きしめる姿態がビクビクと跳ねる。メイドの両手が男の背中で強く力が込められ、濡れきった膣肉が激しく顫動を繰り返した。急激な射精欲求の高

まり。腫れきった肉棒がズズッとまた突出したように膨れて、

「こみな、ああああああ、出る、出るぞぉ！」

びゅる！　どぴゅ、どくどく！　子宮の奥を強烈に叩いたその瞬間、怒張の先端から濃厚な白濁水が一気に噴出した。

びゅっ、びゅるびゅる！　大量に注ぎ込んでいく。

「あああああ、はあああ、あちゅいのがあああ、いっぱい、いっぱっ……入ってくるうぅう！　子宮っ！　はあああっああ、気持ひいいい……っ！」

びゅくん、びゅくん、と強張りがまだ中で跳ね躍る。

（凄い、快感だ……。はあ、はあ、んっ、んん⁉）

肉棒はずっと強張ったままだ。そしてまだまだ疼く。はぁはぁ、と自分の下で甘く激しい吐息で呼吸を整えるメイドは恍惚に酔いしれていた。だが小次郎の牡は彼女の中で欲望を募らせている。

（あ、あんなに、気持ちよかったのに？　いや、良すぎて、癖に……。薬のせいなのか？）

とろんと半開きになった瞳で、甘えた目つきで見つめてくるこみな。

「はぁはぁ、ど、どうしよう、離れたく……なくなっちゃったよ。あふ、うんっ、こんなに激しかったのに……」

貪欲な牝腰が蠢きだしている。男を放さぬように膣肉がきゅるきゅると締め付けてきて、引き裂くように広げられた熱いワレメからぬちゃぬちゃ牝汁が滝のように流れていった。

（このままずっと、こみなとエッチし続けたい）

愛情と劣情の想いのまま、ぐちゅ！　ぢゅぶぢゅぶ！　猛烈に牝芯を掻き乱す。

「ふあっッ、ああっ！　ふひゃっ！　ふあっ、はあ……っ、す、すぐ来ぢゃうぅう……っ！　ぢゅんぢゅん、ぐるぅううっ！　きひゃうっ！　きひゃうぅっううっ！」

アクメを味わったばかりの鋭敏な卑肉があっと言う間に昇り詰めていく。熱く滾った肉棒が牡液をぶちまけられた膣肉をぐちゃぐちゃと震わせ、先端が果敢に子宮を叩き続けた。

「こみな、ああ！　何発でもぶち込むぞ！」

柔らかな女肉と密着して、牡と牝の汗が混じりあう。舌を伸ばして美少女メイドの首筋をぺちゃぺちゃ舐めていた。しょっぱさのある甘露。舌先の感触に身悶えして感じる女体。全身が熱くてほのかな局部の痒みと膨大な性感の心地良さだけに包み込まれていく。

「いいぃっい……っ！　出して出して出してぇええ――えっ！　こみなのお腹がいっぱい膨れるくらいにぃいっぃ、ふあっ、あはぁあ、小次郎様の精子で満たしてぇええっ！」

奉仕を忘れないメイド肉。ぬちゃぬちゃと膣ヒダが顫動しながら肉茎に纏わりついて、全身が男の肌を味わうようにくねり動く。愛らしくもいやらしいお尻は欲望に忠実に、我が儘に振られていた。

（うおお、凄い。出したばかりなのに、うっ、も、もう……）

吸い付かれて、吸い込まれるような感覚が肉棒を悶えさせて、腫れ上がったカリ首が子宮孔の辺りで暴れ回った。

「ぁひいいぃい！　そこぉっ！　狂わしゃれっ、るぅうううっ！　ぐしゃぐしゃにされれ、飛んれちゃうぅうう……っ！」

ぬずん！　ぬぷっっ！　ぢゅぷぢゅぷ！　小刻みなピストンと深い前後運動を繰り返し、どんどん募る射精の欲求。我慢する必要などない。我慢なんてできやしない。

「ほらほら、また、くっ、ううう！　注いでやるよ、こみな！」

どびゅる！　どぷどぷ！　跳ね回る強張りの動きに合わせるように、媚態がビクンビクンと男の下で震え躍った。

「熱いぃい！　まらイグぅううう！　イグっ、イグ、イッちゃうぅううう！」

小振りだが弾力のある乳房が押し付けられるように彼女の背が仰け反った。恍惚したイキ顔が青年の横で上げられる。二人ともぐっしょりと全身が汗まみれになっていた。結合部から、ねっとりした白濁の混じった淫水がぐちゅぐちゅと漏れている。

「はあ、はあ、まだ……やめられない……」

恍惚としながらも、少女の貪欲に求めてくる瞳を見つめると、体から滲み出たものをまた溢れてくるもので流したくなる。

まだイッている状態のメイドを突き続けた。狂っても、狂わせても構わない。

ズン！　ヌププッ、ズチュ！　発射状態の収まりのない強張りを抉りこませたまま、枯れるまで性の狂乱を二人で極めたい。

「うお、おお、こみな、ずっと、このまま、俺について、きて……」

「あはぁあああ、イク、イクぅううう！　ついて……ついていくぅううっ！　らから、っあ、はあ……あっ、突いてぇっ、もっと突いてぇえええっ！」

ヒクヒクと怒張にしゃぶりつく膣孔から、ぷしゅ、ぷしゅ！　と白濁混じりの牝汁が飛沫をあげ続けた。ベッドシーツの全面が汗と淫水にぐっしょり濡れて、猥褻な獣の臭いに地下室が満たされていく。

「あああああ！　イッれるのに、イッひゃうううう！　イグうぅううッ！」

ビクッッ！　ビクビクッ‼

激しい快楽の痙攣を起こし、抱きついてくる腕に力が込められる。涙の溢れた少女の瞳が白目を剥く。それでもメイドの本能が奉仕を続けさせ、くねりを止めない腰の動きが、ぢゅぶぢゅぶ、と濡れた猥音を響かせた。

ドプッッ！　ドビュルルルッッ！

抜かずの連続発射で増す滑り。その勢いに煽られて、ぷしゃあああ！　と結合部から潮を吹いた。

「はあああ！　焼けひゃうぅううう！　子宮が燃えちゃうのぉおおお！」

理性をなくしたようなイキ顔では、大きく開かれた唇からだらだら涎が漏れていく。男の背中に爪痕を残した両手から力が抜けてゆっくりと離れた。絡みついていた両脚も降りていき、失神したように横たわる美少女メイド。

「はぁはぁ、こみな……、だい、じょうぶ、か……」

愛しそうに見つめる。肉棒と肉壷で繋がったままで、どうしてもまだ離れたくなくなってしまう。このまま重なっては苦しかろう。小柄な体を優しく持ち上げ、小次郎が仰向けになる状態になって、メイド少女と上下を逆転させた。もちろんまだ結合したままだ。

「んっ、ううん……」

幸せそうな半気絶状態の愛メイドの髪を撫でてやる。

（少し、無理させちゃったかな？　まだちょっと痒いけど、これくらいなら……ん⁉）

男の腰を跨ぐような状態のむっちりした太股が擦れ動きだす。夢見心地のような可憐な顔が上げられて、妖艶に微笑んだ。

「小次郎様……、こみな、まだあそこがとっても熱くて痒いの……。だから、もっと、ご奉仕させて……」

「えっ？　あっ、こ、こみな……、うほ……っ」

ぬぢゅぢゅ……。ぷにぷにした柔らかな尻肉がドスケベに前後に振られる。

「はあ、はあ、突いてくれるん、んっ、はあ、でしょ。ちゃんと私、ついていく、っはあ、はあ、から……」

「えっ、ちゃんと聞いて、た。くっ、ふう……」

気持ちいいのが溢れてきて、それ以上はまた会話にならなくなる。だけど、互いの体の温もりが、ちゃんと繋がっているって教えてくれた。

# 第五章　この体は全て主のために

　その夜、西日雀の館には三人の客人が招かれた。

　一人は八十歳を越える老紳士で、かつて副首相を二度務め上げた、今でも政界のドンと称される人物である。痩せこけて温厚そうな雰囲気を醸し出してはいるが、その眼光は鋭く、彼の重厚なる威圧感の前では実篤でさえただの若造にすぎない。

　一人は老婦人であった。脚本家として名を馳せ、食通としても有名であり、また博学であって時折メディアに顔を出していたが、そのコメントからは世俗に惑わされぬ強い信念を感じさせる。

　そしてもう一人は実篤の三十年来の親友である大学教授だった。ユーモラスで機知にとんだ喋りで人を笑わせるチャーミングな壮年の男性で、気さくな雰囲気を持っていた。生物学の学者であり、彼の著書を小次郎も一冊持っている。

　この三人は西日雀家の当主に意見できる数少ない人物達である。そして彼らを招いたこの夕食会の席が特別な意味を持っていることは、何も聞かされずとも理解できた。今日がちょうど一ヶ月目にあたる。

　楕円形の大きなテーブルで客人を上座に席に着いている。椅子に座っているのは他に当主の実篤と次期候補の小次郎と清彦だ。それぞれの専属メイドは彼らの傍らに寄り添っている。音楽の一つもない静まり返った空間はピンと張り詰めたような空気に包まれているように思えた。

「さて、今宵の主旨はもう皆様方もおわかりいただいていることと存じます。ここにいる西日雀清彦と彩野小次郎、この両名のどちらがこの西日雀家の次期当主として今後教育を受けるに値するかを皆様にも見極めていただきたい」

親愛の笑みと同時に真剣な眼差しを実篤は客人達に向けている。彼らは静かに頷き、そしてその視線は次世代を担う若者達とそのメイドに注がれた。

「貴女、パーティ会場で飛び出していった子ね」

老婦人がこみなに微笑を投げかけた。

「は、はい！　そ、その節は、お、お恥ずかしいところをお見せして、その……」

小次郎の専属メイドの顔は蒼白に近い。だが、クスクスと笑う老婦人から険悪な印象は受けなかった。むしろ好意的にも思え、小次郎は胸を撫で下ろすが、テーブルの反対方向に座った従兄弟からは、フンと鼻で笑う音が聞こえてきた。

「清彦と小次郎は、存分に自分達の支配力をお見せするのだ。遠慮はいらん。普段お前達が自分のメイドにさせている通りに振舞えばよい」

実篤の話の最中も清彦の睨みつけるような瞳はこみなに向けられていた。彼に緊張感は見られない。強い闘志のようなものを滾らせているようで、さっそく自分のメイドに命令する。

「夕貴、テーブルの下に入って、皆様の前で、男を喜ばせるテクニックを見てもらうんだ」

「はい、清彦様」

二週間前、商店街で会った時と彼女の今の印象は大きく違っていた。この場の雰囲気のせいとは違う。従順ではあるが淡々として、何の感情も持ち合わせていないような、彼女自身の美しい顔立ちと均整のよい体付きもあって本当に人形のようである。無表情のままテーブルクロスを捲り、その下に入り込む。その直後、ファスナーの下げられる音がして、続いて、ちゅぱ、ちゅぱ、ちゅず……、肉を刺激する湿った音が奏でられた。

「こみな……」

傍にいた自分のメイドの手を握ってやる。凍える小動物のように震えていた。ここに至る直前では「今日だけは素直で従順なメイドでいてあげる。感謝しなさいよね」などと言っていたのに気の強いこの娘もさすがに緊張は隠せない。

「小次郎……様」

「大丈夫だ。お前なら、上手くやれる」

何の心配もいらない。そう伝えるように笑った。

「う、うん……」

ようやく小柄な専属メイドが笑顔を見せてくれた。握り締めた手に想いを込めていく。握り返され、応える気持ちが伝わってきた。

「今宵の最初の命令だ、こみな。俺の膝の上に……」

蒼白だった表情が途端に色めく。身の震えは嬉しそうに感じたそれに変わり、主人に導かれるようにして彼女は、股間を開きながら向かいあい抱っこされる。メイドの暖かい太股の体温が男の脚部に伝わった。柔らかく体重がかかり、もう潤み始めた濃紺色の大きな瞳が吸い込むように見つめるのだ。

「君の唇で、俺の口に食べ物を運んでくれないか」

頬が桜色に染まってくる。瞼が僅かに下がり、彼女はブルッと一つ大きく震えた。

「はい、小次郎様」

器用に腰を捻り、前菜のサラダが少女の口元に運ばれる。真っ白なフレンチドレッシングがぷっくりと柔らかそうな唇にかかり淫らな想像を掻き立てた。唇に挟まれた新鮮なレタス。メイドはキスする時の顔そのまま、発情し始めた可憐な童顔で迫った。

「んっ、あふ、うん……」

ちゅ、ちゅちゅ……っ。軽く唇も一緒に啄ばみながら、舌でサラダが押し出されてくる。フォークで口に運ばれた時よりもずっと甘い。

「よく、お噛みになって」

この場の雰囲気がそうさせるのか。優しげな笑みに艶やかさが濃厚に乗っていた。

「美味しいな、こみな」

「ほう……」と感心するような声が漏れ聞こえてきた。正面からは清彦がきつい視線をこちらに送っていたがそれは強い嫉妬の眼差しに思える。そういえば以前夕貴より、こみなが清彦を手痛くふっていた事実を聞かされていた。だが今はそんな過去のことは関係ない。自分のメイドを信じている。

次は最上級の黒毛和牛をサイコロステーキにしたものだ。

「ふーふーしてから、運びますね。小次郎様、猫舌ですから」

ゆっくりと自分の唇に肉塊を挟み込み、その状態で吐息を吹きかけるこみな。口先で熱を感じ取り、主人の好みに合った熱さに調整するのだ。

「はんっ、うぅ、うん……」

ちゅ、ぬちゅ……。口移しされたステーキは絶妙の温かみで蕩けている。ついでに彼女のタンも堪能して、

「んっ、んんんっ、だめ、あんっ」

ぬちゅる、ちゅちゅ、ぬちゅぬちゅ……。微かにメイドの腰がぴくっと跳ねた。唾液の糸を引かせて離れると、こみなの顔は少し逆上せたように赤く染まっている。

「いやはや、羨ましい限りだわい。わしなど、もう何十年も女子とこんな甘ったるい関係になっておらんからの。ほっほ、見ていて胃にもたれそうじゃ」

「確かに、強い愛情を感じます。ですが、シェフが最高の状態で出してくれたものをあんな風にしては……、ねえ」

「ふむ。果たしてこれが奉仕と言えるのか？　ただの恋人同士でも、これくらいはできるのでは？」

ご意見番ともいえる三人の声が聞こえてきた。決して甘くはない見解に、心が乱されてしまう。それを最初に感じ取ったのは、どうやら小次郎よりもこみなの方が先だった。

一旦唇を離す。二人の唇にねっとりと唾液が糸を引いた。

メイド少女は先程までの不安を振り切ったような表情で主人にそっと囁きかける。

「私に集中して……。大丈夫。アンタの調教は、凄く……よかったよ。私がそれをちゃんと表現してあげる。この……体で……」

顔を上げた少女の笑みは思いやりに満ちている。癒やされる気持ちに、ただ見つめ返した。

ガタン！　正面から椅子の引かれる音。従兄弟が立ち上がっていた。小馬鹿にした笑いをこちら側に一度向け、それから彼は誇らしげに言った。

「まったくのご意見です。僕などは、自分のメイドを徹底的に調教しつくしました。そうだ。夕貴、お前が、どれだけ調教されているか見せて差し上げなさい。服を脱いで、ね」

「……はい」

テーブルの下で這いつくばっていた美麗のメイドは言われるまま立ち上がってメイド服を脱ぎ始めた。カチューシャとカフス、それとニーソックスと靴だけを残してその美しい肢体を曝け出す。

「ほほう……」

老人が瞳を細めた。老婦人は口元に手を置いて、壮年の大学教授は鋭く見据える。芸術品として造形されそうな豊満な肉体美。細い括れを除いて乳房も臀部も扇情的に肉付いている。だが、その柔らかな白い肌には無数の赤い鞭痕が刻まれていた。

「どうです、厳しい調教に耐えてきた彼女の体は？　その甲斐あって、今では僕の命令ならどんなことでも黙って実行するまでになりました」

一人自慢げな清彦の隣で、夕貴は無表情のままその痛々しい身を隠そうともせず立ちつくしている。正面にいるもう一人の次期当主候補と視線が合ったその瞬間だけ、彼女は微かに辛そうな顔を見せ、瞳をさっと逸らせた。

「なるほどね。本当にどんな命令でも彼女は聞くのかい？」

大学教授の問いかけに従兄弟は胸を反らせた。

「もちろんです。例えば、そう……」

企てるような視線が小次郎に向き、次いでそれは彼の膝の上のメイドに流れた。

「夕貴に、我がライバルである小次郎君へ、奉仕させることだってできます」

「なっ⁉」

驚きの声をあげたのは小次郎で、彼のメイドはそれを踏みとどまった。客人達はさすがに落ち着いている。実篤と彼のメイドの涼子は傍観者に徹していた。

「ふむ、面白い。では、小次郎君のメイドはどうじゃ？　自分の主人のためにどうする？」

元副首相の老人の視線が鋭くなった。太股の上で小柄な肢体が一度震え、こみなは気心の知れた主人の瞳を見つめる。この腕の中から離したくなくなってその小さな肩を握り締めていた。

「私……やります」

「こみな！」

「いや？　そう思ってくれるだけで嬉しい。でも、小次郎……小次郎様のために、させて」

主人のために身の犠牲を厭わぬのがメイドだ。全て試されているのだとわかっていても、強烈な嫉妬心と独占欲がキリキリと心を痛めつけてくる。

「小次郎様、命令してください。……いい、あんな自分勝手な奴に負けてはいけないの。言ったでしょ。私が小次郎を当主にするって」

今度は逃げられない。そして二人で立ち向かっていくと決めたのだ。誰に汚されようとも、こみなへの想いが変わるはずなどないことはわかりきっていた。

テーブルから二人の次期当主候補が立ち上がった。少し離れた場所で並び立つ。有川こみなはいけ好かないライバル候補の前で膝をついた。

「くく、こんな形で君にいやらしいことをしてもらえるなんてね」

舐め回してくるような視線に怖気が走る。下からキッと睨みつけてもそのニヤケ顔はたじろぐことはなかった。

「早くして。アンタのなんか、とっとと抜いて、こんなことすぐに終わらせるんだから」

後ろでは、既に同僚が大事な人の肉棒を口に含んで奉仕を始めている。その、ちゅぱちゅぱ、と小気味良い音が気になって苛立ってしまう。

「ふん、ぁいつの前では随分しおらしくなったようだが、相変わらず気は強いな。ほら、どうだい、僕の巨根は？」

美麗の同僚メイドが残した唾液にまだ滑り光る肉棒が鼻先に突き出された。ツンと鼻につく局部の下劣な臭いに眉を顰めてしまう。

「は、はん、どこが巨根よ。小次郎のと比べたら、こんなの粗チンじゃない」

実際にはさすがに従兄弟同士だけあってなかなか立派な逸物と言えた。だが自分の主人の肉棒を目の前にした時に感じる高揚感が一切湧いてこない。嫌悪感だけが心を支配し、この違いは何なのだろうと考える。小次郎の顔がふと頭に浮かんだだけで、キュンと心が締め付けられた。

「くっ、こ、こいつ……。ふ、ふん、そのお前の大切な小次郎様は、夕貴のおしゃぶりですぐにでもイキそうじゃないか。気持ちよさそうにしているぞ。女なら、誰でもいいんじゃないか？」

「こ、小次郎は、そんな人じゃ、んぶっ！　んっ、んぐぅうう！」

ぢゅぽッ、ぢゅぶぢゅぶ！　いきなり捻じ込まれた。赤茶色の髪ごと頭を掴まれ、無理やり顔を前後させせられる。硬直しきった棒状の熱い肉の塊が舌上を鋭く抉るようで、先端が一気に喉奥に突き刺さった。

「ンぼっ！　ふぐぅっ！　むぐっ！　うっ、んぶぅっ！」

劣情に歪みきった顔が見下ろしてくる。恐怖するほど瞳に狂気が宿っていた。

「ははは……っ！　あの有川こみなが、この僕のチンポをしゃぶっているぞ」

ぢゅるるるんっ！　じゅず、じゅぽじゅぽ！　噎せ返りそうになっても、強引に腰を押し付けられる。両手で押し返そうとする反射をきつく堪えた。

（ア、アイツの、小次郎の、ため……。あぐぅううっ、き、気持ち悪いぃいいい！）

牡肉の味を教え込まれた口内から唾液が溢れてきてしまう。マゾ牝の本能で舌が蠢いてしまい、自ら刺激を与え始めていた。唇を犯される感覚が秘芯を痺れさせてくる。

「お前、学院時代は男子からも女子からも好かれて、ちやほやされていたもんな。その頃からほとんど見た目が変わっていなかったのには驚かされたが、お陰ですぐに思い出したよ」

女を肉欲の対象としか見ていない男の言葉はあまり聞こえていない。苦しみに耐えることで精いっぱいで、瞳から涙が滲んでしまう。自分の主人はこの姿を見ているのだろうか？　そんなことばかり考えてしまう。

「あぐっ！　ふぐっ、んぷっ、んぶぅっ、ううう！」

ちゅずず！　ぬぽっ！　ちゅばちゅば！　口蓋が何度も亀頭に削がれていく。

「そんなお前に釣り合うのはこの僕だけだったんだ。そ、それを、うっ、うう、クラスメートの見ている前で、お前は僕をふったんだ！　いい笑い者だよ！」

ぐっ、ぐいっ！　と頭を押さえ込まれ、強烈な勢いで喉奥に肉塊が突き刺さる。

「むぷっ！　ぅぐっ、ぶぢゅ……っ、んんんっッ！」

カクンカクンと振られる腰で、叩きつけられた。唾液で滑った口元に、汚らしい男の陰毛が張り付いてくる。

ぬぽっ、ぬっぽっ！　ぬぽっ、むぢゅっ！　醜悪な肉根で舌腹が削がれると、無理やりまた唾液が溢れさせられ、涎が垂れて床にポタポタ落ちていった。

「それまで僕には、はぁはぁ、手に入らないものなんて、うっ、ふう、なかったんだ。んはあ、はあ、お前にふられてから、んっ、狂いっぱなしだ。はあ、はあ、友達ができないのも、ふう、はあ、親父に認められないのも、はは、全部お前のせいだ！」

唇を犯す強姦者の言葉は、いやらしい粘膜の摩擦と唾液の掻き回される音に掻き消されて聞こえてはこない。いずれにせよ、どうでもいい。

「はあ、はあ、お前を、手に、うっ、うう、入れて、僕はやり直す。そのための、はあ、ううう、力なんだよ！」

突き込みが一層激しくなって、強引に何度も頭を振り動かされる。こんな奴に見せたくないのに涙が滲み出てしまう。ぼやけた瞳が離れた場所にいる本来の主人を捉えた。

（ああ、小次郎……。そんな、辛そうな目をしないで。私なら、大丈夫、うっ、うぐっ！）

彼のためだと思えば、どんな辛いことにも耐えられる。彼のためにしていると思うと、それだけで下腹部がジーンと熱くなってくるのだ。健気な自分に酔っていくマゾヒズム。無毛のワレメに食い込んでいる小さなショーツの内側で、じわじわ滲み出す牝の淫水は唇を陵辱する者に対してではなく、見てくれているのであろう大切な主人のためのものであった。

ぢゅる、ぢゅぷぢゅぷ！　舌ベロをのたうち回らせる。

（うっ、ううう、あの人のために、先にこいつを……）

奉仕よりもレイプに近いイラマチオ。眉を顰めて強烈な苦痛を表しながら、強い想いが、くねくねと舌先を肉茎に巻きつかせた。

「こ、こいつ、はぁはぁ、いやらしく舌を使いやがって。嫌がる割にはしっかり調教されてるじゃないか。くっ、はあ、もう出してやってもいいんだけど……へへっ」

不意に唇から肉棒が引き抜かれた。

（んぷっ、はぁはぁ、な、なに？）

唾液に濡らされきった唇を拭う前に顔を上げて見やる。狂人のような顔つきがギラついた瞳を向けていた。本能的な身の危険を感じたその瞬間、

「きゃ！　いやあぁあああ！」

深い絨毯の上に押し倒されていた。胸元に男の手がかかり、白い薄生地がぐいっと引き下げられた。ぷるんぷるん、と成長途上のような小振りな乳房が揺れて露出する。床に赤茶色の長い艶髪が広がって、細身の肢体に男が覆い被さった。

強気な心が萎縮する。全身がブルブル震えて、どっと涙が溢れ出た。

（い、いや……。いや、いやぁあああああ！）

欲望だけに憑かれた狂気が見下ろしてくる。裂けた口元から涎を滴らせる野獣だった。

一人のか弱い女の子になって、恐怖に顔を歪めていた。

(お、犯され、ちゃう……っ。小次郎……。いやぁあああ、助けて、小次郎様ぁあああ!)

ささやかな胸の膨らみが男の汗ばんだ掌に鷲掴みにされる。爪が立てられ、柔らかな乳肉が指間に盛り上がった。その痛みよりも心が急いた。逃げたい。でも体が思うように動かない。いきり立った肉棒が蒸れた太股の内側を撫でたその時、

「こみな! 逃げろ!」

信じられないほどに力が湧いた。


自分の下腹部に張り付いていた夕貴を振り払い、飛び込んできた美少女メイドを抱きしめた。堪えていたものが一気に胸中から溢れ出したのか、彼女は顔を埋めてすすり泣く。

「こみな……、もう、大丈夫だから……」

食堂内の雰囲気が一変していたが、愛しい少女の温もりが勇気を与えてくれていた。

「どういうつもりだ、清彦!」

小柄なメイドに股間を蹴り上げられたうえ、突き飛ばされて腰を床についていた従兄弟がようやくといった感じで立ち上がった。

「ど、どういう、つもり、だと。それはこっちの台詞だよ! 互いのメイドに奉仕させるのだろ? 何をさせようと勝手じゃないか」

「お前のしたことは奉仕させてるんじゃない。レイプだ!」

伯父も客人達も静観している。何かを見極めようとしているようにも感じたが、こちら

も頭に血が上ってしまってそこまで考える余裕などない。

「それはお前の勝手な見解だろ。まだ俺もお前も満足していない。どちらかが先に果てるまで競うのが当然だろ？　それをその生意気なメイドは途中で投げ出しやがった。しかも、西日雀の血族である僕の大事な股間を蹴ってだ。お前の調教なんて、そんなものなのさ」

この期に及んでしたたかに自分の正当性と優位性を主張してくる。怒りがまた込み上げてきてギリと奥歯を噛み締めた。

「黙れ！　こみなは俺の言うことをちゃんと聞いたんだ。だったら、お前も夕貴に命令すればいい。この俺を叩こうと、蹴ろうと、何だってさせればいいだろ！」

悔しさを滲ませるように、清彦の口端が上がった。

「じゃ、じゃあ、そこのナイフかフォークで、お前を刺したっていいんだな」

小次郎はキッと従兄弟を睨む。完全に頭に血が上っていた。

「好きにしろ。俺は、文句の一つも言わない。その代わり、こみなには手出しするな」

「こ、小次郎様！」

こみなが慌てて顔を上げた。涙に濡れた瞳がとても心配そうに見つめている。優しく微笑んで、抱きしめていた腕の力を緩めた。一歩、前に進む。抵抗をしないことを示すように両手を広げた。

たじろぎもせず、本気を見せた彼に、清彦の方がうろたえた。

「は、はん。い、いい度胸じゃないか。聞きましたか皆さん。これは小次郎君の望みだ。

僕のせいじゃありませんからね。……夕貴、命令だ。そいつをテーブルの上にある燭台で思い切り叩け！」

小次郎に奉仕している時も、栗毛のメイドは感情を押し殺したようにずっと表情を変えぬように努めていたようだった。その彼女の瞳が驚きに開かれ、表情は辛そうに曇った。

「どうした、夕貴！　早くやらないか！」

感情を露に清彦の声が荒げられる。夕貴は震えていた。だが彼女に主人の命令を無視することはできない。誰よりもきっと根が真面目なのだ。だからあんな従兄弟にも反発すらしないでずっと従順にメイドの仕事を成し遂げようとしてきた。

「小次郎様……ごめんなさい……」

泣き出しそうなか細い声だった。燭台を握り締め、彼女は震えながらゆっくりと近付いてくる。酷な役目を押し付けてしまったと思う。彼女が優しい娘であることは、あの夕暮れの商店街の一件でもよくわかっていた。

「さあ、気絶させるように叩いてやれ！　さあ！」

自分で手を汚さない弱い犬が吼えている。だがそんなプライドしか持ち合わせていない奴に散々鞭打たれてきた美麗のメイドは、その身に逆らえぬ傷を無数に刻まれていた。

燭台が大きく振りかぶられた。青年は瞳をギュッと閉じる。その次の瞬間、

「やめてぇっ！」

長い赤茶色の髪を翻し、少女の甘い香りを残して彼女は前に立ちはだかった。両手を大

きく左右に広げ、誰であろうとこの先は進ませない、小さな体からそんな威圧感を膨らませている。

「こみな！」

事の成り行きを見守っていたいくつもの瞳が微かに細められた。

「小次郎様を打たないで。夕貴、貴女の立場もわかるけど、だけど、この人だけは誰にも傷つけさせない。彼の代わりに私を叩きなさい！」

さっきまで震えていた少女の顔ではない。誰かのために何かをする時のあの凛とした輝きをメイド少女は放っていた。

「こみな、どけ！　こればかりは譲れん」

「黙って！」

びりびりと空気が痺れるほど、甲高くその声は響いた。少女は涙を瞳に溜め込んだまま、強い意志をその顔に示して前を見据える。

「私は、ダメなメイドだ。そんなことわかってる。決して従順じゃない。主人のことも平気で叩く。素直じゃないし、逆に噛み付いていく。でも、それでも、この人だけは、絶対に守る。守るんだ。そう決めたの」

優しげな笑みがテーブルから零れていた。

「こみな……。い、いや、ダメだ。俺だって、お前のこと……」

「うるさい、うるさい！　アンタの痛みは私の痛みだ。私はアンタの専属メイド。この体は全てアンタのためだけにあるの！」

叫びたいだけ叫んで、こみなは前方をぐっと睨んだ。しっかりと床を踏みしめている。どれだけ調教してもこの頑固さだけは変えようがない。

「うっ、うう……」

ポロポロと涙を流す夕貴の手から、燭台が落ちていった。

崩れるように膝をつき、項垂れてただ泣いている。身を丸め、両手で自分の肩を抱きしめている様は、とても弱弱しく小さく見えた。

（夕貴……君は……）

人形に徹していた彼女が、その美顔をくしゃくしゃにして涙をボロボロ零して震えていた。誰かが手を差し伸べてやらなきゃいけない。小次郎が一歩前に歩みだそうとしたその時だった。

「な、何をやっているんだ、夕貴！　早く立て！　立って、そいつを叩けよ。く、くそ、この役立たずの駄牝が！　綺麗なだけで、何の反応もしやがらない……」

思い通りにいかないことに腹を立てている我が儘な子供が、また声を荒げ始めた。

夕貴のことで、もう黙ってはいられない。人として、これは仕来り以前の問題なのだ。

「きよひ」

瞬間、小次郎の目の前を少女が通り過ぎた。

（え……っ⁉）

パシッ！　平手が清彦の頬に飛んだ。彼の瞳が驚きに開き、暴言は止まった。

「ひえっ、な、なにを……」

自分の頬を撫で、怯えた顔をする従兄弟。その前に、眉尻をきつく吊り上げたこみなが立っている。

「アンタ、最低の蛆虫《うじむし》よ！　ああ、思い出した。昔、アンタに言った言葉、もう一度言ってあげる。世界約六十八億の人類と約百五十万種の生物の中と、あと密かに地球に来訪しているであろう宇宙人も含めて、その中でアンタが一番、大嫌い！」

鋭くトラウマを抉られたのか、従兄弟はドスンとその場で尻餅をついた。哀れみすら感じるほどに顔が歪んで泣き出す寸前といった感じだ。

「な、なんでだよ。なんで、誰も……僕のいうこと聞かないんだ……」

「清彦……、お前……」

彼の心の闇を哀れに思う。だが、それで従兄弟の身勝手な行為が許されるはずはない。

「はぁ、はっはっは……。これは良いものを見せてもらったわい」

老人が高笑いをあげた。僅かに曲がった腰を上げて、ゆっくりと小次郎に近付いてくる。優しさと威厳を秘めた、そんな表情をしていた。それに気付いて、青年は敬意をもって深く頭を下げた。

「ああ、よいよい。小次郎、見事な調教ぶりであった。お前さんは合格だよ。これからの西日雀が楽しみじゃて。ふふ、もう少し、長生きしてみるかの」

青年は無言のまま驚きを顔に示した。それから僅かに微笑む伯父と涼子を見やり、そして自分のメイドに向き直る。驚きと喜びに、大きな彼女の瞳が一層開かれていた。

「誰か、清彦を連れていけ」

伯父が重い口を開いた。この会の最初の挨拶以来、久しぶりにその声を聞いた気がする。

メイド数人が、足腰の立たなくなった従兄弟を外に連れ出した。彼は見限られたのだ。

茫然自失。そんな様子に、喜びの感情は湧かない。

裸のまま夕貴はまだその場に座り込んでいた。もはや誰も彼女に命令をしない。

「夕貴……。君は……」

「……私も、小次郎様がよかった。一緒の時間を過ごすことはほとんどなかったけど、こみなちゃんから聞けば聞くほど、羨ましくなった。きっと貴方がご主人様なら、私だってこみなちゃんみたいに心からつくせる。そう思ったことも何度かあります。でも、そのたびに私は清彦様のメイドだって言い聞かせて……。なんとか好きになれるようにって、頑張ったのに、でも、駄目なの……。お願いです。一度だけでいい。だ、抱きしめて、もらえませんか？」

震えて消え入りそうな彼女を見ていると、本当にそうしてあげたいと思ってしまう。

(でも、俺は、こみなが……)

小さな掌が背中に触れた。

「小次郎、夕貴を抱きしめて、あげて。私からもお願い」

「こみな……」

それが女同士の友情なのか、それとも同情なのかはわからない。ただ一人の人間としてそうしてあげるのが、夕貴のこれからのメイドとしての人生に大きく影響するのかもしれないと思った。

鞭痕の刻まれた美麗のメイドを抱きしめた。その一瞬だけ、深い愛情を込めて。


食事会の夜から五日が過ぎていた。その日、小次郎は自分のメイドに呼び出されてあの丘の上の公園にやってきた。夏の名残を惜しむような蝉の鳴き音が聞こえ、爽やかに風が通り抜けていく。

「まったく、急にどうしたんだ？　あいつ……。あれ？」

予想に反して大木の根元には少女の姿は見当たらない。街を見渡すベンチにも、青々と広がった芝生のどこにも人影らしいものさえなかった。

「ちょっと、早く見つけなさいよ」

聞きなれた愛らしい声は頭上からだった。木漏れ日の差す枝葉に混ざって小柄な美少女がこちらを見下ろしていた。紺色のメイド服の裾が風に煽られて靡いている。片手でしっかりと木の幹を掴みながら、もう一方の手は紅榴石のような輝きをした長い髪を掻き分けていた。

「なに……してんだ、お前？」

「見ればわかるでしょ。木に登ってるのよ」

晴れやかに笑っている。無邪気な様子にこちらもつられたように笑みを浮かべていた。

「で、話ってなんだ？　とりあえず降りてこいよ」

「無理……。だって、降りられないんだからぁ――っ」

前言撤回。よく見れば顔は引き攣って、眉尻がピクピクと痙攣していた。

「お前は猫か……。ああ、しょうがない。待ってろ、今そっちにいくから」

以前は途中で落ちてしまった太い木の幹。登るのは得意でも、降りてくるのは苦手な彼女のために、今度は登頂を目指した。

大好きな少女のいる太い枝に腕を伸ばす。もう少しで届きそうで届かないそれを彼女がしっかりと握り締めてきた。その時のこみなの笑みはとても優しげで嬉しそうだった。

「登ってはみたものの、やっぱり降りられなくってさ」

大木の数本の枝と蔦が絡みあった場所。ここは足場がしっかりしていて、ちょっと激しく動いてもとても折れそうにはなかった。寄り添うように二人並んで座った。

「何でまたこんなことを」

「景色……。ここからの景色を見せたくって……」

枝葉の隙間から晩夏の空と街並みが広がっていた。大きな入道雲があって、その白と青の広がりの下、ずっと遠くにキラキラと光る海と港が見えている。ゴミゴミとした街並みや薄汚れたビルの屋上も、ここからだととても小さくて、整然とはほど遠く詰め込まれた箱庭であっても郷愁を感じさせるような趣を覚えさせた。

「いい、眺めだな」

「うん。前に登った時、この光景を見てたら少しは怖くなかった。それに……」

こみなはじっと景色を見つめている。そのまま視線を変えぬまま、寄り添う距離を僅かに縮めてきた。

「今は、その、小次郎もいるし……」

ポッと少女の頬が赤らんだ。雰囲気もあったのだろうか。妙に青年も照れてしまう。

「そ、そうか……。で、よ、用事って、なんだ」

「へっ？　あ、そうか。あの、えっと、あっ、ああ、正式に次期当主になったんだよね。お、おめでとう」

それは昨日も聞いた気がする。彼女の笑顔が妙に引き攣っていた。

「んっ、ああ。今でも信じられないよ。俺が、いずれ、あんなでっかいグループ企業を率いる当主になるなんてな。でも、言われたんだ。今回の争いも、どれだけ周りの人間がついてきてくれるかを見るためのものだったんだって。俺にカリスマなんてあるとは思えないけど、こみなとは信頼関係を築けたとは思う」

「信頼関係……、そ、それだけ……？」

切なげに見つめられる。

「い、いや、その、それだけじゃなくて……あっ」

クスっと笑ったあと、ふう、とこみなは息を吐いた。

「いいよ。本当の用事、私から話させて」

そう言ってから、こみなはしばらく黙り込んでいた。俯きかげんで、少しだけモジモジして、何から切り出そうか迷っているようでもあった。小次郎はじっと待った。彼女が傍にいて、こんな景色を一緒に見られているだけでそれ以上望むべきことはなかったからだ。

「……小次郎が、あの夜、夕貴を抱きしめた時、心がチクチク痛んだ。切なくて、苦しくなった。自分でそうしてあげてって、言ったのに……。何でだろうと考えた。本当は答えなんてすぐわかっていたのに。私が館から逃げ出した時も何で、って考えた。どうしてここに来たのか考えた。一番辛かったのはアンタに迷惑かけたこと。それでも優しいアンタに甘えたくて、期待していたんだって……」

小声で語る少女の声と頬を撫でてくる微風がとても心地良かった。

「最初にエッチなことして、それからこんな感情になるなんて、いやらしいって思ったのかも。否定しようとしていた。でも、消せないんだ、この気持ち。あのね、小次郎……様、私、アンタのことが……」

もしこのあと続く言葉が望むべきものだったとしても、彼女に対する接し方が変わるわけでもない。それでもきっと嬉しくて仕方がないだろう。だから、

「「す……」」

二人の声が被ったその瞬間だった。

ズッ、ズルッ！　体がまっ逆さまに落ちていた。

「で、何でこういう状況になるんだ？」

「私に聞かないでよ。ああ、もう！」

こみなの体には大木に寄生した蔦が絡まり宙ぶらりんで体の自由が奪われている。地表より数十センチ。うつ伏せた四つん這いのような格好で両腕は万歳したような状態だ。腰位置は頭よりも僅かに高く、両脚は見事に広げられている。しかもメイド服の裾とペチコートが完全に捲れ上がって、むちむちとした少し汗ばんだ太股とたぷんと肉付いたお尻の隆起に至っては丸見えになっている。周りに人がいなかったのが不幸中の幸いと言うべきか。

小次郎はというと何度か枝葉のクッションに助けられて、尻餅をついただけですんだ。

「なんか、やらしい格好だな、これ。うむ、こみなのために起こったような奇跡だな」

「ど、どういう意味よ！　ちょ、ちょっと！　後ろから覗くんじゃないってば！　や、やだあ、こんなの、早く助けなさいってぇ！」

ブランコのように揺らされ、薄い純白ショーツがそそられる尻肉の双球の谷間と柔らかな微肉に食い込んでいるのだ。振り返ってくるメイド少女の顔が羞恥で真っ赤に染まっている。その恥ずかしさに煽られたのか、匂い立つ陰部を覆った部分から、じわじわと濡れ染みが広がっていた。

「こ、こみな……もう、こんなに、ぬ……」

少女の顔が泣きそうに引き攣った。

「いやぁあああっ！　だって、だって、しょうがないいんだもん。こんな、いやらしい姿で拘束されたような状態で、ア、アンタにじっと見られてるんだもん。そういう体にしたのって、小次郎なんだからね！　せ、責任取りなさいよ」

「せ、責任ったたって……」

「だ、だから……」

キョロキョロと愛メイドは辺りを見回した。この広い公園に今は人影はない。再び振り返った彼女は涙ぐんだ顔でキッと睨みつけてくる。

「ア、ア、アンタのことだから、どうせ、この状態でしたいんでしょ！」

「え、えぇと……」

じっと男の瞳を見つめたあと、少女は一旦視線を背けた。

「そ、そんなにしたいっていうなら、しょ、しょうがないから、しても、いい、けど」

「はっ？　……なんですとぉっ！」

さらに茹で蛸のように真っ赤になったこみなは、もうこちらを振り向くことさえできない。小次郎は彼女の呟いた言葉を必死で思い出そうとした。

（こ、こいつ、な、な、なんて大胆なことを……）

彼女の小さな呼吸と微風で扇情的な腰つきがゆったりと波打ち誘っていた。次期当主として正式に認められてからはメイドの調教も中断している。清純な心と貪欲なマゾ牝の肉体を併せ持った美少女。お気に入りの専属メイドであって、心を通じあわせた彼女は、いつも通りの言い草で火のついてしまった自分の欲求を満たしたがっていた。

(さっきまで、信じられないくらいにしとやかだったのに。これは、お仕置きしかないな)

小次郎はフッと楽しそうに笑った。

白昼屋外の緊張感を覚えながらファスナーを下ろす。ジジッと音が鳴って、その瞬間メイドは「はぁ」と甘ったるい吐息を漏らした。男の下着が捲られ押し込められていた硬直した逸物が膨れて聳え立つ。ぐぐっと少女のショーツを食い込ませるようにして肉棒はしっとりと柔らかな尻谷の隙間に埋もれた。

「は、早く……。誰か、来ちゃう、かも……」

調教されたメイドの牝自身は何時いかなる時でも主人を迎え入れられるように仕上げられている。既に純白の薄布が牝汁に透けて、その愛欲の中心である肉の裂け目を浮き上がらせていた。強張りを押し付けるだけで、ぐちょぐちょ、猥褻な淫音を立てて、性的な刺激に過敏にビクビク反応しては濃厚な牝臭を発散させる。

「相変わらずのマゾ豚ぶりだね、こみな。お前のオマ〇コがもうぐちょぐちょといやらしい泣き声をあげてるじゃないか」

「はぁう、あはぁ……。い、言わないでって、ばぁっ、ぅはぁ、はあ……」

揶揄する言葉に感じてしまう甘えん坊。柔肌に食い込む蔦の感触と羞恥を煽られる拘束状態が被虐癖のマゾヒズムを刺激しているようにも見えた。ついさっきまでツンとしていた表情も今ではとろんと瞼が下りて頬が高揚して桜色に染まっている。

濡れきった下着に触れた途端、滲んだ淫蜜が指先に纏わりついた。ぬちゅ、といやらしい音を奏でて中心部を横にずらす。

「やは、あん……。一番エッチなところがぁ……誰か来たら見られちゃうぅ」

あれからも毎日綺麗に剃り上げられているツルツルの肉土手。その抉りこんだ汁だくの秘芯から、ぬちょぬちょ、と愛液が滴って、ねっとりと地表に向けて糸を引いて落ちていく。

「はぁ、はぁ、はぁ、どうしよう……。凄く、熱い……。息苦しいのが、気持ちいいよぉ」

露出による羞恥快楽さえ覚えてしまった卑肉が震えていた。深く生々しい息遣いで強い興奮を示して、少女の下腹部が急速に汗ばんでいく。

「このみなのドスケベなマゾ膣で、たっぷり感じてごらん」

メイド蜜に濡れそぼった掌で肉棒を握り締め、ぐちゅぐちゅ、パンパンに膨れ上がった赤黒い亀頭で肉裂を割り開いた。

「ふあ……っ、はああ、はっ、はあ……はあ、お、おっきいのぉっ！　小次郎様の、はぁはぁ、私の大好きな、オ、オチンポ、いっぱい、いっぱいズボズボしてぇえええ！」

ぬぷっ！　ずぷずぷぷぷ！　ぬらぬらと牝汁で光沢を放つワレメが刹那のうちに肉筒に押し広げられ、遠慮なしに奥までぶち込まれた。ぷしゅ！　と蜜が飛沫をあげて男の肉魂が膣を一気に通過する。

「ぅはぁあああ、入ってぇっ！　こみなの中がぁ……っ、熱いご主人様でいっぱいになるぅううっ！」

ぬちゃぬちゃした心地良さが肉棒全体を包み込み、牝粘膜に圧迫される快感にすぐさま酔いしれてしまう。射精させるための運動をとりたい強烈な欲求に駆られて、両手で少女の柔らかな尻肉を掴んだ。鷲掴みした指先が柔肌に食い込み、指間からしっとり汗ばんだ卑肉が盛り上がる。

「こみな、奥の奥まで犯してやるぞ」

「して、して、してぇええっ！　こみなのオマ○コっ、ぁはあ、はあ……あっ、オチンポで虐め抜いてぇえええええ！　ひゃぁあああ……っ！」

ヌズズブズブブッッ！　腕でお尻を引き付けて欲望と愛情のままに腰を叩きつける。カリ首が膣粘膜を舐め削いで、ズンズン！　と苛烈なぶち込みで子宮孔を蹂躙した。

「あひっ！　ふひゃぁ……っ、ああ、こんなとこでぇっ、子宮の奥までチンポ入れられちゃってるぅうう！　誰か来ちゃう……ぅ、こみなのエッチな声で、はあああ、誰か来ちゃうぅううっ！」

まるでそうなることを望んでいるかのように狂って喘ぐマゾメイド。突き込むたびに背筋が仰け反って、激しく赤茶色の髪を振り乱した。

「ほら、はあ、はあ、物陰から、もう誰か覗いているかもよ」

辱める言葉に反応して、きゅるきゅる膣肉が締め付けてくる。

「いやぁあああ、知られちゃうぅううっ！　ドスケベな変態のマゾメイドだって……ぇっ、はぁはぁ、つはああ、知られちゃうよぉっ！」

ぬっぶっ！　ぶっ、ぶっ、ぶぢゅぅっ！　膨張しきった硬い肉棒をきつく締め付けられても、溢れる牝汁に苛烈なピストンは止まらない。貪欲に求めるように吸い付く粘膜ヒダが顫動している。専属メイドの極上の名器は主人を決して飽きさせることなく、常に最高の快感を与えてくれていた。

「あはああん……っ、ダメ、ダメぇええっ！　感りすぎちゃううう！　気持ちひいのが、ろんろんオマ〇コから来ちゃうの……ぉっ！　先にイッちゃうよぉ！」

ジュプッ！　ズプズプブゥウッッ！　腰が激しくのたうち、蕩けたアへ顔では唇から涎を滴らせている。ツンとした普段からはまったく想像させないマゾ牝の本性を曝け出し、乱れまくる淫乱メイド。それが堪らなく主人を興奮させるのだ。

（そうだ。俺は、いつものこみなも、一度火がついたらこうして喘ぎ狂うこみなも、どのこみなも、大好きなんだ。こみな、こみな、こみなぁ！）

愛しいメイドの中で、青年の肉棒がググッと大きさを増していく。射出の欲求が急速に高まって、今誰かがやってきたって絶対に止めることなんてできやしない。

ぢゅぷ！　ぷしゅぷしゅ！　牡と牝の結合部から果敢な抜き差しのたびに淫蜜が飛び散った。ずれ食い込んだショーツの端からヒクつくアナル孔が見える。ドスケベな肉反応を見せ付けられて、子宮の奥壁までぶち壊すように肉棒を叩きつけてしまう。

「もうらめぇえええ……っ！　イっていい？　ぐちゅぐちゅ、止まらないよぉおおっ！」

男の腰に叩きつけられる朱に染まりだした尻肉が、ぷるんぷるん、と震えている。灼棒にぬちょぬちょの猥褻な膣肉を掻き回されて、メイドの脳天は快楽一色に染め上げられているようだった。

「ああ、いいぞ。俺も、はぁはぁ、ぶちまけてやるから」

激しい揺さぶりにギシギシと蔦が鳴っている。メイド服の紺色が汗染みて所々変色していた。公園内に身悶える淫猥な叫び声が響き渡る。濃密な桃色の空間が無限に広がり、風に乗って二人の結合の猥臭が街に流れていくように思えた。

「くひゃあああっ。オマ〇コっ！　痙攣しちゃうぅうううっ！　気持ひいいがぁ……っ、いっぱいっ、いっぱい来ちゃうぅうううっ！」

ぷしゅっ、ぷしゅっううう！　肉杭に責め立てられるワレメから牝汁が大量に噴出した。ぬちゃぬちゃとグイグイ締め付けられて吸い込まれるような至上の快感が男に一気に押し寄せる。

「うおお、こみな！　出すぞ、出すぞぉおお！」

ヌヂュ、ズブズブ！　何度も子宮に叩きつけた亀頭がさらに膨れ上がった。

「ぅあはぁあああ！　イクぅううう！　イク、いきゅ、イクぅううう！」

どびゅる！　びゅるびゅる、どぷどぷ！　宣言のまま大量に注ぎ込む。

「いいいいっ！　ごひゅじんさまのぉ、熱いぃいいい……っ！　いっぱい入ってきゅるぅううっ！　ふぁぁあああ――っ！」

目の前で、ビクビクッ！　と小柄な背筋が跳ね躍る。涎を垂らしたイキ顔が仰け反り、額の汗が飛び散った。まだ少女の中で暴れ回る肉棒をヒクヒクと膣孔がしゃぶっている。

「はぁ、はぁ、最高だよ、こみな。愛してる」

余韻に浸る蕩けたままの顔が嬉しそうに振り返る。乱れ髪に汗ばんだ額。快楽の余韻に浸りながらも、瞳は感動に潤ませているように見えた。心地良い風が流れて、熱を帯びた二人の体を冷やしていく。

流れ飛んでいく葉の音に紛れて、はあ、はあ、と甘い艶やかな呼吸を整える唇が、大好きだよ、と囁いた気がした。

# 作家&イラストレーター募集!

## 編集部では作家、イラストレーターを募集しております

プロ、アマ問いません。作家応募の方は原稿をFD、もしくはCDなどで送ってください。また、原稿をプリントアウトしたものと簡単なあらすじも送っていただくと助かります。イラストレーター応募の際には原稿のご返却はできませんので、コピーしたもの、もしくはMO、CDなどのメディアで送ってください。小説、イラストともにE-mailで送っていただいても結構です。なお、電話でのお問い合わせはご遠慮ください。採用の場合はこちらから連絡させていただきます。

E-mail : 2d@microgroup.co.jp
〒104-0041　東京都中央区新富1-3-7ヨドコウビル
㈱キルタイムコミュニケーション
二次元ドリーム小説、イラスト投稿係

二次元ドリーム文庫
マスコットキャラクター
ふみこちゃん
イラスト：笹弘

**専属ツンメイド**
**調教されてあげるんだからっ!**
2009年9月15日　初版発行

著　者　千夜詠
発行人　武内静夫
編集人　岡田英健
編　集　久保田慶太
装　丁　キルタイムコミュニケーション制作部
印刷所　株式会社廣済堂
発　行　株式会社キルタイムコミュニケーション
〒104-0041　東京都中央区新富1-3-7ヨドコウビル
編集部　TEL03-3551-6147／FAX03-3551-6146
販売部　TEL03-3555-3431／FAX03-3551-1208

 ISBN978-4-86032-804-7 C0193